アスペルガーだからこそ私は私

発達障害の娘と定型発達の母の気づきの日々

白崎やよい・白崎花代

著

生活書院

まえがき

　私は二三歳、大学院を休学中に「典型的なアスペルガー症候群」だと診断されました。それまで、私は「アスペルガー症候群」という言葉を知りませんでした。診断した医師に自己分析を勧められ、始めてみたところ、とても楽しいと感じて熱中するようになりました。

　この本は、診断がつき自己分析を始めた頃から書いていたブログ「他者と私と自閉症スペクトラム障害」に書いたものを、より読みやすくわかりやすく修正したものです。他者との関わりの中で気づいた私の障害特性や、私が起こしやすいトラブル、私の特技、苦手なことを補うための工夫などについて書いています。私が自己分析をしていたのは、自分の特性を知って自分が暮らしやすくなるためでしたが、分析結果をブログに公開するようになると、自閉症スペクトラムに関心をお持ちの方から「参考になる」と読んでいただけることが増えました。自閉症スペクトラムは個性豊かな障害ですから、私の例が万人に当てはまるわけではありませんが、私のような例もあるということをお伝えしたいと思います。

本の内容について簡単にご紹介します。第1部の「**01　だって、そう言ったじゃない**」では「文字通りの理解」という特性と、そこから派生するトラブルについて。「**02　何が重要かの優先順位なんてつけられない**」では要点がわからないことと、そこからくるトラブルと、自分なりの工夫。「**03　苦手なもの・好きなこと**」では感覚過敏や特技などのこと、「**04　集中しています**」では集中力や過集中の話。「**05　社交辞令は言わないで——薄情なわけじゃないけれど**」では感情の受け取り方と表し方、考え方について。「**06　定型と非定型——それはそれ、これはこれ**」では定型発達者と、発達障害者の一人である私との違い。「**07　アスペルガーだからこそ私は私**」ではアスペルガー症候群が自分のアイデンティティであることを書きました。

第2部には、母・花代が私とのやりとりの間で書いた文章を収録しています。私の生育歴（高校まで）と、診断がついた後の私と母とのやりとりから母が感じたことなどが書かれています。私と母とで同じテーマをそれぞれの視点から書いているエピソードもありますので、読み比べていただけると面白いのではないかと思います。

今回はわかりやすさを重視するため、最も身近な定型発達者で、この本の共著者でもある母に何度も原稿を読んでもらい、意味が通りにくいところを指摘してもらいました。具体的なエピソードを多く書きたしましたので、ブログに掲載していた文章より、随分わかりやすくなったのではないかと思います。

この本が、周囲の人たちやご自身の、アスペルガー症候群への理解を深める一助となれば幸いです。

白崎やよい

アスペルガーだからこそ私は私　目次

第2部　母から娘へ――霧が晴れた日に　〔白崎花代〕

第1部 アスペルガーだからこそ私は私

［白崎やよい］

01

だってそう言ったじゃない

★言葉を「文字通り」に受け取る

私は言葉を文字通りに受け取ります。

母に、

「お母さんの部屋の机の上に本があるから取ってきて」

と言われて、私は「わかった」と言って取りに向かいました。ですが、机の上には本が置いてありません。私は「机の上」と言われると、机の上しか目に入りません。見つからないので、母のところに戻って「なかったよ」と報告しました。

そうすると、母は「机の周りにもなかった?」と聞くのです。机の上と言ったのに、机の周りも見ろとは、随分変なことを言うなあと私は思いました。母が自分で探しに行って、本を持って帰って来て言うことには、「机の下に置いてあった」のだそうです。机の上と机の下は、私にとって全然別の場所です。少し視線を動かすだけで見えるでしょうと言われても、私には見えないのですからどうしようもありません。母には「机の上と言われても、そこになかったら、言った人の勘違いかもしれないから、その近くも探してみるのが普通なんだよ」と教わりました。

私は社交辞令や比喩表現なども文字通りに受け取ってしまうため、他の人の思惑を察することがなかなかできません。例えば「今度遊びに行こうね」と言われたとき、今度っていつだろう、連絡を待てばいいのかこちらから連絡をすればいいのかと真剣に予定を検討してしまいます。そして相手にその気がないことがわかると、裏切られたような気分になっていたことが何度もありました。それを繰り返して、「曖昧な約束は社交辞令なので、本気にしてはいけない」と学びました。比喩表現については、具体例はなかなか思いつきません。

ものを探して持ってくることに関して言えば、最近は、言われたところになくても周辺を見て探すことができるようになりました。ある日、夕食の用意をしている母に「冷蔵庫の野菜室に白菜があるから取ってきて」と言われたときに、野菜室を見たら白菜がありませんでした。ですが私はあきらめず、冷蔵庫の中にあるはずだと思い中を探して白菜を見つけ、母に届けることができました。このときは、とても高い達成感がありました。

★「文字通りの理解」の壁

私は言葉を文字通りに受け取りがちです。それと同時に、自分の言葉も文字通りに受け取ってもらえると思いがちです。自閉症スペクトラム障害の人に対してよく言われる「文字通りの理解」とは、少なくとも私の場合は「文字通りに受け取る、かつ文字通りに受け取ってもらっていると思い込む」というのが本当の特性です。

ある日、両親が居間でテレビを見ていました。私は、どうして両親はそんなにテレビを見るのが好きなのか疑問に思いました。

「お父さんはなんでそんなにテレビ好きなの？」

私が尋ねると、母が答えました。

「テレビ消していいよ」

質問の答えになっていないと思い、私は混乱しました。私は父に理由を問いたかったのに、何故かテレビを消す話になっているのです。話が伝わっていないと思いました。何故話が通じなかったのだろう……それを考えて、思い当たったのは、「なんで？」という言葉の使い方です。

「なんで？」という言葉は、理由を問いたいときの他に、定型発達者の間では主に「怒りを表現するとき」に使われます。私はテレビの音声が聴覚過敏のために苦手で、それを両親はしっかりと理解しています。ですから、私の発言は「聴覚過敏の人間がいるのに、どうしてテレビをつけているのか」という抗議と受け取られたのです。

もちろん、このような解釈は私の意図とは全く違いますので、不本意です。でも私には他に適切な言葉づかいが思い浮かびませんでした。

文字通りの解釈を私がしてしまうことで、相手の気持ちを推察できずにトラブルを産むケースもあれば、私が文字通りに解釈してもらえるという前提で話した結果、別の解釈をされてしまってトラブルになる今回のようなケースもあります。「文字通りの理解」という特性を文字通りに解釈しても、特性の本質にはたどりつかないのです。

★「準備ができたら呼んで」

大学院に通っていた頃、私はときどき父に学校に送ってもらうことがありました。私は食事を終えるのが両親に比べて早いので、両親がまだ食事をしている間、食休みを兼ねて自室にいることが多かったです。

自室に行く前、なるべく早く送ってもらおうと思って「準備ができたら呼んで」と言ってから自室に行っていました。ですが、両親はいつまで待っても呼んでくれず、私がしびれを切らして自分から「行こう」と言うまで出発できませんでした。それが毎度のことでした。私が階下に降りるころには両親は外出する用意はできていて、私が降りていけばすぐに学校に連れて行ってもらえました。つまり「準備が出来ている」状態なのに、両親は私を呼ぶことを全くしなかったのです。私は「なんで早く呼んでくれないんだろう」とずっと疑問に思っていました。

ある日、疑問が解けました。両親は「準備が出来たら呼んで」と言われると「準備が出来たかどうかの判断はこちらに任された」と思うのだそうです。なので「そろそろ出かけてもいいかな」と思うまでニュースを見たりお茶を飲んだりとのんびりしていたそうです。私は両親が私のことを蔑ろにしてだらけていたと感じ、非常に衝撃を受けました。私はいつも「なるべく早く送ってほしい、早ければ早いほどいい」と思っていたのですが、全く伝わっていなかったのです。

よく両親に「何時までに学校に行けばいいの」と聞かれていましたが、私はそれを「私が出かけたいと思っている時刻」ではなく「講義などで絶対に到着していなければならない時刻」のことだと思っていました。そういう時刻はないほうが普通だったので、「何時でもいい」と答えていました。自分で登校時刻を定めるという発想はなかったのです。そうすると両親は「ゆっくりしていいんだ」と思うのだそうです。ですが、私にとっては「何時でもいいけどなるべく早く」のつもりでした。「何時までに行けばいいの」という言葉の意味は「用事があるかないかに関わらず、何時までに着いていたいのかを知りたい」という意味だったそうですが、私はそのように理解できませんでした。

私にとっての「準備ができたら呼んで」とは「ご飯を食べ終わったらすぐ学校に送ってくれ」という意味で、それ以外の意味はありませんでした。両親もそう理解してくれているはずだと思い込んでいたので、どうしてすぐ送ってくれないのかといつも不満でした。

言葉を自分の意図通りに受け取ってもらえると思い込んでいる事例であるのと同時に、言葉の意味が一対一対応になってしまっている例だったと思います。

★文脈が読めない

診断がついてから間もないある正月、私は餅にシソ味噌をつけて食べようと思いました。そこで母に「シソ味噌を持ってきて」と頼んだところ、母は「ほら、味噌だよ」と持ってきました。

シソ味噌と味噌。違うものです。でも味噌は味噌全般のことかもしれないと思い、私は母に尋ねました。

「それはなんていう味噌？」

「味噌だよ」

母はそう答えました。

味噌といっても、味噌汁に使う味噌、八丁味噌、さっき頼んだシソ味噌、いろんな味噌があるのに、どうして母はどの味噌を持ってきたのかを教えてくれないのでしょうか？

私はもう一度尋ねました。

「それはなんていう味噌なの？」

母は答えました。

「だから、味噌だってば」

そう言われても、何の味噌だかわかりません。どうして何という正式名称の味噌だか教えてもらえないのでしょうか。私はわけがわからなくなりました。

「それはシソ味噌なの？」

最後にそう質問しました。

「さっきからそうだって言ってるでしょ！」

母はちょっと怒っていました。私は母から「シソ味噌を持ってきた」とは一言も言われていませんが、母はずっと「味噌だよ」と言うことで「シソ味噌だよ」とアピールしているつもりになっていたようでした。

後で確認したら、母は私の頭の中にはシソ味噌だけがあると思い込んでいたそうです。「餅につける味噌の話をしていて、まさか味噌全般を想像してるとは思わなかった」と母に言われました。でも私は味噌全般を想像してしまって、「味噌だよ」という母の返答が意味不明でしかなかったのです。そして母は私の「なんていう味噌なの？」という質問が意味不明だったそうです。

アスペルガー症候群の人は文脈が読めないと言われますが、これは私が文脈を読めなかった例の一つだと思います。

★ああ言えばこう言う

はたから私を見ていると、私と誰かとの会話は、私が「ああ言えばこう言う」状態に陥って話し相手が疲れていることがよくあるそうです。

そういうとき、なぜ「ああ言えばこう言う」になってしまっているかというと、論点や話の流れがピンとこないからというのが主な理由です。論点や話の流れがわからなくても会話を続けなければならないと思い、直前に言われた言葉に対してのみ反応をすると、どんどん話題がずれていってしまうのです。

例えば、母がカルボナーラを料理したとします。

「カルボナーラ作ったよ」

と母が持ってきました。私はそれを見て、

「カルボナーラは胡椒がきいてるやつが好きだなぁ」

と自分の好みを言います。

「胡椒をかけないとカルボナーラじゃないもんね」

母は私に話を合わせようとして、同意を示します。

「でも、カルボナーラに胡椒を入れないレシピが多いよね」

私はインターネットでカルボナーラのレシピを調べたときに、胡椒を入れないものが多かったことを思い出して、その話をしました。このとき私は、目の前のカルボナーラはどうでもよくなって、一般論を話しています。

「このカルボナーラにはちゃんと胡椒入ってるよ」

母は今目の前にある母が作ったカルボナーラへの不満かと思って、補足説明をします。胡椒が入っていないと思ったのか、胡椒を増やしてほしいということなのか、よくわからないようなのです。

「わかってるよ」

私は目の前のカルボナーラに胡椒が入っていることはわかっているので、こう答えます。すると、母は私が何を言いたかったのか余計わからなくなって、「意味不明な文句をつけられた」と思うようです。

もう一つの例として、外出先からバスで家に帰ってくるときのバス路線の話があります。私がどのバスに乗ったらいいかわからなくて、母に外出先から電話で尋ねたとします。母はバスの時刻表を見ながら、

「七番のバスなら養護学校前で降りることになるけど十分くらいで来るよ。いつも

乗ってる九番のバスはあと二五分くらいで来るよ」

と、バスの時刻を教えてくれました。私はなるべく早く帰りたいのですが、養護学校前のバス停で降りると十分くらい歩かなければならないので、九番のバスを待っても家に着く時刻はあまり変わりません。でも、もっと早く帰ることができるバスがないかと思って、母に尋ねました。

「乗ったことがないバスだけど、あと三分くらいで来る四番のバスも附属養護学校を通るよ」

「附属養護学校ってどこ？」

聞き慣れないバス停の名前だったので、私は不思議に思って尋ねました。

「あ、養護学校前のこと」

と母は答えました。養護学校前というバス停は、附属養護学校の前にあります。母はその一ヶ所のバス停をうっかり言い間違えただけでした。ですが私は、「養護学校前」と「附属養護学校」という複数のバス停がある可能性があると思いました。母がひとつのバス停のことを言っているとは限らないと思ったのです。

「附属養護学校は養護学校前と違うところにあるんじゃないの？」

「いや、違うよ。養護学校前のことを附属養護学校って言い間違えたんだよ」

母は言い間違えただけだと主張しますが、私の疑問は解決しません。いつも通る「養護学校前」のバス停のほかに「附属養護学校」というバス停があるのではないかと思ってしまったからです。

「附属養護学校っていうバス停があるんじゃないの?」

「違うよ。養護学校前のことを言いたかったんだよ」

「バス停が二ヶ所あるんじゃないの?」

「そうじゃなくてお母さんが言い間違えたの。もういいからいつもの九番のバスで帰って来なさい」

母は話を打ち切りました。私がこのようにひとつの単語にひっかかりを覚えて細かい追及をしてしまうことは、たびたびあるのですが、そうすると母は疲れきってしまうようです。その一方で、私も母の話す言葉の意味がわからなくて非常に混乱しています。

私はこのような特性のためにあげあし取りをしているように見えたり、ケンカを売っているように見えたりするらしく、「話し相手を故意にいらだたせようとしている」と思われることがよくあります。私は会話の流れが理解できなくなって、理解しようとして質問をするのですが、それが難癖をつけているように思われてしまいがちなのです。母は「話の最中に語句の使い方を訂正させられたり、使った言葉の意味を説明させられたりするので、何を話そうとしていたか忘れるし、議論する気力が完全になくなってしまう」と言います。私は真剣に話し合っているつもりですので、そのように思われることは悲しいです。

解決策はあります。私が論点や話の流れを把握できるようにすればいいのです。論点と話の流れを紙やホワイトボードなどに書き出すことを、母との議論の場合はよく母がやります。話しながら議事録を取るように要点を書いていくと、互いに要点を確認しながら会話を進めることができるので、スムーズにいきます。

では、紙やホワイトボードがなければどうなるのかというと、今のところ、良い案がありません。元々、障害特性として話の要点がわからず、話の要約ができず、情報の取捨選択ができないのです。話されていることが全て同じくらい大切な内容に聞こえ、話の内容を頭の中で簡単に言い換えることができないため、どこを要点としてピックアップすればいいかわかりません。ですので、相手の話を全部聞いて、その中で自分が意見を述べられる点を見つけて話すのですが、そうするとどんどん話がずれてしまうようです。

議題がある会議等では、私一人でもある程度話の内容をコントロールすることはできます。ですが、日常会話ではいちいち議題の設定はしません。

雑談をしているだけのはずが、なぜかケンカに発展することがあると昔から思っていたのですが、どうやら以上のような出来事を無自覚のうちに起こしているようです。

★比喩の理解は難しい

比喩や例え話を、私が理解することは困難です。

物事の説明に関して、例え話を持ち出されたとき、私は出されたものの要素全てを考慮します。ですが、母は例え話として出したものの要素の、似通っている部分のみを取り上げて話すのです。私の理解を促すために母は数々の例え話をしてきましたが、私は例えと現実で異なる部分が気になって反論を繰り返し、あげあし取りのようになってしまい、母を散々困らせました。

私に例え話が通じないという結論に至ったのは、アスペルガー症候群確定診断からしばらく経ってのことです。それまで私は小説を読むのが好きでしたし楽しんでいましたから、比喩はわかると自分でも思い込んでいたのです。

ですが、改めて他人と文章・音声でコミュニケーションを図ってみると、なんと私は、比喩がほとんど理解できません。発達障害者は比喩の理解が苦手だと言われているようですが、それでも「言い換え」は理解できるという説があるそうです。その「言い換え」ですら、私は同じことを言っていると理解できないのです。

何かを説明して、聞き返されたとき、別の言い方に言い換える人は多いでしょう。その人にとってはわかりやすく説明するためであり、聞く側にとってもわかりやすく説明してもらっていると思うのが普通ですから、一般的にそのような対応が多いのだと思います。ですが、私にとってはそのような対応は話題のすり替えに感じられます。もう一度同じ言い方で言い直してほしかったのに、別の言い方をされてしまうと、何の話だかわからなくなります。

このような特性を私も母も気づかずにいたため、些細な事柄から口論に発展することが多々ありました。確定診断後、何度も話し合いの機会を設けるうちに、このような特性に二人で気づき、すれ違っていることがわかりました。今では、一度話してもらってわからないときは、母が何がわからなかったのかを質問させてくれます。その後、母は私のわからなかった部分を把握した上で、もう一度説明の付け足しなどをすることで、「例えばさあ……」と例え話を持ち出さなくても、話を進めていけるようになりました。

母子間はこれで解決しても、他人との間はそうはいきません。私の精神状態がよく、頭の回転が悪くない状態であれば、比喩を持ち出されても理解しようと努力できます。ですが、精神状態が悪いときは頭が回らず、話が全く理解できず、あげあしを取るかのように絡んでしまうことがあるようです。

このように「理解できない」と書いてきた例え話ですが、適切な例えであった場合は理解できる場合があります。そのせいで、余計に物事が複雑になっています。一〇〇％理解できないならばあきらめがつくのに、理解できるケースがあるために、「理解しようとしていないのでは？」と思われてしまうのです。

比喩を理解できるときとできないときの差はなんなのか、私にもわかりません。

★「その後どうですか？」

精神科の主治医は、発達障害にある程度理解はありますが、専門外です。主治医は診察のとき、必ず「その後どうですか？」と質問していました。この質問に、私はどう答えたらいいのかわからず、黙り込んでしまったり、最近あった変わったことを話すなどしていました。「どう」って、何が「どう」なんだろう……何を聞きたいんだろう……と、三年近くの間、ずっとわからずに過ごしていました。いつも母と一緒に受診するのですが、主治医の質問の答えを考えて沈黙していると、「今日は調子が悪くてあまり話せないみたいですね」と、主治医と母の会話が始まってしまうことも多かったのです。

主治医にお世話になり始めてから三年くらい経ったある日、診察から帰って来たあとに、やっと母に「『その後どうですか？』って聞かれたら何を答えたらいいの？」と質問をすることができました。母は大変驚いて、「今までずっと困ってたの？　なんで今まで言わなかったの？」と言っていました。

何故困っていることを三年間も言えなかったのかは、私にはよくわかりません。助けを求めるという発想がなかったのかもしれません。

母は私に、「その後どう」という質問は相手との関係性によって答える内容が変わると説明してくれましたが、私にとって答えにくいことに変わりはありません。母によると、主治医の場合は「その後どうですか？」という質問で「前回の診察から今回の診察までに変わったことがあったか、体調に変化はあったかなどを聞きたい」のだそうです。しかし、私は「その後どうですか？」という言葉からそこまで掘り下げて考えることができません。「最近の体調はどうですか？」「夜はよく眠れていますか？」

ことができます。

「最近何か変わったことはありましたか？」など、具体的な聞き方になれば、答える

母は私と相談した後、主治医に、どう質問すれば私が答えやすいかについて葉書を書いてくれました。

発達障害だけを診てくれている医師は、診察のとき、「最近の様子について聞かせてください。体調はどうですか」という風に言います。質問が具体的なので、答えやすいです。発達障害者支援センターのカウンセリングでは、毎回「今日のスケジュール」という紙が手渡され、そこに主な話題が箇条書きしてあるので、非常に話しやすいです。話すときも、「まず一番からやりましょう」と紙に沿って話題提供をしてくれるので、とても楽です。

逆に言えば、スムーズに会話をしようと思ったら、そのような配慮がなければ難しいということでもあります。テーマが特にない雑談を苦手とする当事者は多く、私もその一人ですが、日常会話でテーマを設定することはありませんので、結果的に孤立してしまったりします。

02 何が重要かの優先順位なんてつけられない

★要点がわからない

自閉症スペクトラム障害の人間は、得た情報に優先順位をつけるのが苦手だそうです。つまり、何が重要で何が重要でないのかが、一見してわからないのです。

私がよく感じる不都合な点として「要点がわからない」というものがあります。誰かと話しているとき、さほど重要でない発言から重要な発言まで、全部同じくらい重要だと受け取ってしまうため、細かなところが気にかかったり、本当に重要な部分がわからなかったりして、会話がスムーズに進まないという問題が起こります。

相手の言葉の表現の細かい部分が気になって突っ込み、あげあし取りのようになってしまうことがあります。相手が伝えようとしていることがわからなかったり、私に要求していることがわからなかったりして、同じ会話を何度も繰り返すことがあります。

母と重要な話題について話すときは、母は紙をテーブルに置いてメモを書きながら会話を進めていきます。そうすると、私があげあし取りのようなことをしてしまっても、話題を戻すときに戻しやすいのだそうです。母が「さっきの話」と言っても私は「さっき」がいつなのかわかりませんが、紙に書かれた文字を示されて「ここの話」と言われると、わかります。私との会話で意思疎通が困難な理由を見極めた母による工夫です。

私と会話する際、指示語（あれ、それ、さっき、この間）は私に通じず、例え話は私が話題のすり替えや新たな話題と感じてしまい理解できず、また、話の要点も私にはほぼ伝わりません。その上、私は言葉の表現の細部が違うだけで別の意味の言葉だと思ってしまうことが多々あり、少し言い間違えただけでも私には話が通じなくなります。

それらの問題点を解決するために、母は紙に書きながら私に説明するようになりました。

★周りの音の聞こえ方

私はあまりテレビが好きではありません。それでもたまに見たい番組があり、テレビをつけることがあります。そのときは、周りが無音でないと、テレビの音声が聞こえません。家族の話し声や物音などがすれば、テレビの音声は満足に聞き取れません。家族の話し声や物音のほうが耳に飛び込んできて、どんなにテレビの音声を高くしても聞こえないのです。

外食をするときにも、同じことが言えます。同席の家族や友人の声は、他の席の他人の話し声や店内のざわつきのせいで、ろくに聞き取れません。他の席の人たちの声などに、同席の人たちの声が邪魔されて、上手く耳に届きません。

定型発達者は、聴きたいと思った音だけを拾って聴くことができると言われています。「この人の話を聞きたい」と思ったら、その人の声だけがよく聞こえてきて、他の物音は邪魔にならないのだそうです。私には、そういう能力がありません。ですので、ざわめきの中で友人知人の声だけを聴くということは非常に困難です。

これは、集中力の有無とは関係がない問題だと思います。どんなに目の前の人物に集中しても、他の物音が気になって話が聞き取れないからです。集中力の問題ではなく、「情報に優先順位をつけられない」という特性が、聴覚にそのまま現れているのではないかと思っています。

自閉症スペクトラム障害の人は、情報に優先順位をつけるのが困難だと言われています。これを音の聞こえ方に置き換えると、「三種の音が聞こえてきたときに、一番目と二番目と三番目のどれを選んで聞けばいいのかわからなくて迷う」ということだと思う人がいるかもしれませんが、そういうことではありません。迷う迷わない以前の問題で、全部同じ音量で耳に聞こえてくるために区別がつかず、聞き取れず、どれが何だかわからなくて選びようがないという感じです。多少区別がついていても、音が混ざって聞こえるのは同じなので、不快な音に聞こえてしまってパニックを起こすこともあります。

★説明がくどい

私はよく「説明がくどい」と言われます。他の人が言うには、「そこまで説明しなくてもわかりきってることまでくどくど説明している」のだそうです。その人は「アスペルガーだからこだわりがあって説明が長いんでしょ?」と言っていましたが、そうではありません。「そこまで説明しないと私が自分の発言を理解できない」のです。

私はブログを書いていますが、度々くどい文章を投稿しています。くどいなぁとは思うのですが、省略すると私にとって意味不明になってしまうので略すことができず、結果的にくどい文章になってしまっているものが多いです。

私は物事を必要以上に噛み砕いて記憶していることがあるのですが、それも、そうしないと理解できないからです。学生の頃には、数学の問題の解説などでは説明がわかりやすいと言ってもらえていましたが、省略ができないからそうなっていたというのが正確なところだと思います。

上手に省略するということは、必要最低限の要点のみを抜粋して話が通じるように略すことができる、ということだと思います。私は要点の見極めが苦手なので、要点の抜粋も上手くできず、結果的に要点も要点でないこともだらだらと説明してしまって、くどくなっていると思います。この「要点のわからなさ」は、障害特性であるらしく、訓練で要点がわかるようになるかというと、そういうわけでもないようです。

「説明がくどい」と言われる反面、「説明がわかりやすい」とも言ってもらえることがあるため、今のままでもいいかと思っています。

★優先順位のつけかた

私にとって重大な問題点の一つが「優先順位が上手くつけられない」ということです。これは自閉症スペクトラム障害の特性のひとつでもあるようで、よく「優先順位がつけられなくて仕事が上手く進まない」という当事者の話を聞きます。

優先順位がつけられないということは、複数の予定ができたときに何から手をつけていいかわからないということです。ですが普通、学校生活や社会人生活などを送っていると、予定は常に複数あります。会社では例えば「日常業務の締切りは午前中、課長からの指示が退勤時まで、主任からの指示はなるべく早く」、学校では例えば「明日はゼミで報告書が必要、講義Aの課題の締切りが今週中、講義Bの課題の締切りは今月中」という感じです。

こういうときの優先順位のつけ方を、親の助言を受けつつ考えてみました。

まず、誰かに代わってもらえる予定の優先順位はとても低いです。「代わってもらえるかどうか」の判断が難しいですが、「自分でなくてもできる用事は、忙しいときは他の人に頼める」という風に考えると、少しわかりやすくなるかもしれません。例えば銀行やコンビニで振込をする、病院で薬をもらってくる、郵便物を投函する、買うものが決まっている買い物などは、誰かに頼んで代わってもらえる用事だと思います。

次に、締切りが遠い予定についてです。準備に時間がかかる場合、優先順位は普通です。準備に時間がかからない場合、優先順位は低いです。締切りが遠く、準備にも時間がかからない場合、その予定はかなり後回しにできます。ですが、準備に非常に時間がかかってしまう場合は、締切りまで時間があっても早めに手がけておく必要があります。

次に、締切りが近い予定です。準備に時間がかかる場合は最優先です。準備に時間がかからない場合も、優先順位は高いです。締切りが近い予定は、そもそも優先して取り組まなければならない予定です。それに加えて時間がかかる場合には、最優先する必要があります。準備に時間がかからなくても、締切りが近い予定はなるべく優先して取り組むべきですが、もし他に締切りが遠くても準備に時間がかかる予定が入っているのなら、進行状況と合わせて優先順位を考えなければなりません。これはとても難しいことです。

学校生活では、締切りと準備にかかる時間だけを考えればよかったのですが、会社に入るとそうもいきません。毎日絶対にこなさなければならない作業は最優先でした。

複数の人から指示が来たときは、締切りと、指示をした人の役職を考慮していました。より役職の高い人から来た指示ほど、優先的に取り組むようにしていましたが、締切りが極端に早い指示があった場合は締切り優先でした。

自分の仕事の早さを把握することも、優先順位を自力でつけるためには、必要なことです。ですがそれは、ある程度慣れた作業であれば可能ですが、初めて行う作業の場合にはどれだけの時間がかかるか見積もれないのが普通です。その場合、作業内容が多いか少ないかで判断すればいいのではないかと思います。ですが、それすら見極めが困難な場合、それが仕事であれば上司に予定一覧を書いたメモを持って優先順位を確認しに行くなどの工夫が必要だと思います。

★予定が義務になる

私の場合、予定に入ったことは、「必ずやらなくてはならないこと」に変化してしまいます。予定に入れた理由が「やりたいから」であっても、予定に入った後は「やらなくてはならない義務」に変化します。

このことに気づいたのは、アスペルガー症候群の診断が出てからです。ですが、この傾向は以前からあったものでした。具体例としては、大学院一年の二月頃のサークルの飲み会が挙げられます。卒業生を送る飲み会だったのですが、五年ほど付き合いがあった先輩もいましたので、是非出席したいと思い、予定に入れました。ですが当時、私は精神状態の不調を理由に休学中でした。

私は母に「飲み会に行かなければならない」と言いました。ですが母は私の不調を知っていましたので、「調子が悪いのに無理して行くことはないんじゃないの」と言いました。私にとってこの飲み会は「行かなくてはならないもの」になってしまっていましたので、「送別会の重要性がわからないのか」などと返事をしました。この返事を聞いて、母は「行きたくないのに、強制されて行かなければならないのだろうか」と思ったそうです。

その誤解が発覚し、「行きたいから行くんだ」と伝えたところ、「『調子が悪くても行かなければならない』という言葉からは『行きたい』という気持ちが伝わってこない」と言われました。それは仕方がありません。私にとって、予定に入れたことは「やらなくてはならない義務」に変化してしまうからです。

そういう側面があるにも関わらず、私には予定を次々に詰め込んでしまうという欠点があります。何かやりたいことを見つけると、次々と予定に組み込んでしまい、スケジュールが過密状態になってしまうのです。最近は体調を重視して「予定の詰め込み過ぎ」を避けるように努力をしていますが、上手くコントロールできなかった頃は、忙しさに目を回す羽目になってからやっと「予定の組み込み過ぎ」に気づくという状態でした。

ストレス解消をかねて「楽しそうなこと、やりたいこと」を予定に組み込むと、それが「義務」に変化して、結果、全然楽しくないばかりか逆にストレスになってしまうということもたびたびあります。

★予定通りでなければ気が済まない

物事が予定通りに進まないとパニックを起こす自閉症スペクトラム障害当事者は多いと思います。私もその一人で、「予定通り」に物事が進むことを好んでいます。

ある日、私は外出をしたくない気分でした。ですがその日は病院に行く予定の日で、カウンセリングの予約もしていました。私が「病院行きたくない」と発言したら、母は、「行きたくないんだったらカウンセリングの予約取り消しの電話して、お母さんが薬だけもらってくる」

と言い出しました。

「なんで、『行きたくない』って言っただけなのに行かない方向に話を進めるの！」

私は怒りました。私にとっては、母の発言は予定進行の侵害に当たるものでした。母は「選択肢の一つとして提示しただけで、行かせずに済ませようとは思っていなかった」と言っていましたが、私には「行きたくない」という発言から「行かない」という話に発展するのが理解できませんでした。「行きたくない」という気持ちがあっても、予定を遂行するのは当然というのが、私の基本的な考えです。

「予定通りに過ごしたい」という傾向は、時間や締切りを厳守するという形でも発揮されます。高校や大学では教室移動が非常に多かったのですが、移動をできる限り早く済ませないと落ち着きませんでした。

私は自分が計画（予測）した通りに物事が進まないと、イライラしたり、不安になったり、強いショックを受けたりします。これは良い方向の変化でも、悪い方向の変化でも同じです。良い意味で予定通りに行かない場合、つまり突発的に良い出来事が起こって事態が好転するなどで定型発達者は「ラッキー！」と済ませるような場合でも、やはりショックを受けることがあります。

03 苦手なもの・好きなこと

★感覚過敏・鈍麻

アスペルガー症候群や自閉症スペクトラム障害の人には、感覚の過敏さや鈍感さ(鈍麻)、独特の感覚の好き嫌いがあると言われています。私も一部の感覚が過敏なので、そのことについていくつか書いてみたいと思います。

聴覚過敏

私を最も苦しめる感覚過敏は、聴覚過敏です。多数の苦手な音があり、日常生活に支障が出ることもあります。

生来ダメだったのはラジオの音声です。聞きたい内容だった場合、聞けることもありますが、ラジオの音声は基本的に苦痛です。その他に、時計の秒針の音もダメです。

二次障害を発症しつつあった大学三年のころからダメになった音は、テレビの音声、人の声、パソコンのキーボードをカタカタ叩く音、陶器やガラスが擦れたりぶつかったりするときの音などです。このような音は神経に障る感じがして、大変な不快感があります。精神状態や体調などにより、我慢できるときと耐えられないときがあり、ひどいときは悲鳴をあげてその場から逃げ出してしまいそうなほどに苦しい思いをすることがあります。

人間は声でコミュニケーションをしますから、たぶん人の声が聞こえやすくできていると思います。そういう元々聞こえやすい音も、私にとっては耳障りに聞こえることがあるようになってしまいました。

聴覚過敏で、特に人の声に過敏ではありますが、だからといって常に人の声を聞き取って理解しているわけではありません。一度では「声」としか認識できずに上手く聞き取れず、聞き返すことも多々あります。気分によっては聞き取れないまま放っておいてしまうこともあります。そんなときには、あとで「こう言ったでしょ！」と言われて「聞いていない！」とケンカになってしまうことがあります。

触覚過敏

触覚は、過敏というより、好き嫌いが激しいという感じです。ふわふわしたもの、すべすべするもの、つるつるするもの、ぬるぬるするもの、ぐにゃっとするものなど、独特の触感があるものは、触るのが楽しくてだいたい好きです。ザラザラして嫌いだったタオルケットも、最近は慣れてきたのか、平気になりました。一方で、セーターなどの毛糸のチクチクはとても苦手です。

食感もまた、私にとっては触覚に分類されます。コリコリした食べ物（軟骨やツブなど）、ぶよぶよした食べ物（脂身など）は苦手です。好きな食感の食べ物というと、つるつるしたゼリーのようなもの以外には、あまり思い浮かびません。

いつぞや、精神状態の著しい悪化に伴い、ひどい触覚過敏に陥ったことがありました。そのときは、食事の際に食べ物が口の中に触れるのがはっきりとわかり、食べ物の感触が非常に気持ち悪かったです。着ている服の感触も肌に伝わりすぎて、布地がまとわりついてくるようで不快感をかき立てられたほか、いつもは好きな毛布の感触まで服を通り越して肌に伝わってきて、服も毛布も脱ぎ捨てたいほどでした。大嫌いな肌触りのものが全身にまとわりついているような感覚でしたが、真冬のことだったので毛布をよけたり服を脱ぐことができず、気持ち悪さから逃れられないのを必死に耐えていました。一時的なことでしたので、すぐに元通りになりましたが、あれが続いていたらと思うとぞっとします。

その他には、子どもの頃にひたすら練り消しをこねつづけて手垢で真っ黒にしたり、いろんなものを唇に当てる習慣がありましたが、今は残っていません。

視覚過敏

私には視覚過敏はないと思っていたのですが、あるとき視覚能力について考えてみたら、過敏さがあることに思い至りました。

視覚過敏なのではと思った理由のひとつに、視野に入った動くものに無意識に注意を引かれてしまうことがあります。中学で授業を受けているとき、一番はじの列の一番前の席から黒板を見ていたら、斜め後ろのほうの生徒が消しゴムを机から落としたのですが、視野の隅にちょっとだけ入っていただけのその消しゴムの動きが気になって、振り返ってしまったことがあります。

蛍光灯の光のちらつきが嫌いだという当事者をときどき見かけますが、私は蛍光灯はそこまで苦手ではありません。切れかけでチカチカしているとつらいですが、そうでないならば、特に支障はありません。白色光よりはやや黄色っぽい光が好きで、太陽光も苦手です。太陽光は眩しすぎてつらいため、サングラスを使うことがあります。

私にとって一番苦手な視覚刺激は、液晶ディスプレイなどのバックライトです。パソコンや携帯ゲーム機、スマートフォン、タブレットなどのバックライトの光が強いと、まぶしくて直視できないのです。ですので私が使うパソコン等のディスプレイのバックライトは全てかなり暗い状態にしてあります。それでも機種や体調によってはまぶしすぎて見ていられないことがあります。

味覚過敏・鈍麻

精神的に不調だったある時期、味覚が消えたり過敏になったりしていました。味が全くしないときと、何を食べても美味しいときがあったのです。

「食べ物が美味しくて困ることはない」と思っている人は多いと思います。ですが私は、何を食べても美味しかったとき、食事が苦痛でたまりませんでした。美味しすぎるのです。旨味成分がないはずの飲食物にも旨味を見出す状態でした。水や白米ですらも美味しくて、味覚への刺激が強すぎて頭がおかしくなりそうでした。

「アメリカのステーキはパサパサして不味い」という話を聞いたことがある人はいると思います。そのアメリカ人に日本のジューシーなステーキを食べさせたら「美味しい」と喜んだけれど、普段はやはりパサパサのステーキを食べている、という話も知っている人がいると思います。美味しいものは、飽きるのです。美味しいものを食べるのは、たまにでいいのです。

食事が美味しすぎることがあるたびに、味覚過敏でつらいと家族に訴えましたが、家族の理解は得られませんでした。

なお、私は元々塩味に過敏で、家族が何とも思っていなくても「しょっぱい」と一人だけ騒いでいることがあります。

その一方で、私はスパイス系には鈍感らしく、シナモントーストを作るときに家族がぎょっとするほどの量のシナモンをかけて、しかも平気で食べていることが多々あります。胡椒や山椒、一味（七味）唐辛子なども大量にかけてしまうことがよくあります。

また、苦味にも鈍感で、子どもの頃からピーマンを平気で食べられましたし、コーヒーをブラックで飲んでも苦いとは感じなかったりします。

圧覚・平衡感覚

押しつぶされるような感覚、圧迫感などが、私は好きです。子どもの頃は輪ゴムで指を締めつけたり、指先をクリップで挟んだりという結構危ない遊びをしていました。

布団も重いものでないと落ち着いて眠ることができず、羽毛布団は大嫌いで羊毛の重い布団が好きです。

平衡感覚では、私は回転椅子に座ってぐるぐる回り続けたり、あるいは自力で回転を続けたりすることが、とても好きです。目が回る感覚が大好きで、子どもの頃はよく回っていました。大学では自由に使えるスペースの椅子が回転椅子だったので、ぐるぐる回っていることがよくありました。

ブランコや、エレベーターが下るときの感覚なども、好きです。エレベーターが下るときの感覚は嫌いな人が多いと聞きますが、私は大好きでした。飛行機が着陸に向かうときの浮遊感も、苦手な人が多いようですが、私は好きです。

痛覚過敏

私は幼稚園のときのある日、「耳が痛い」と騒ぎだしました。私があまりにも騒ぐので、両親が耳鼻科に連れていってくれました。耳鼻科医は私を診察して、「中耳炎です。でも、この段階では痛いはずがないんだけどなあ……」と驚いていたそうです。中耳炎の早期発見でした。

小学校六年生のときには、腹痛を訴えて盲腸を早期発見しました。薬で散らすことができて、手術はしませんでしたが、やはり医師には少し不思議がられました。

このように「病気の早期発見ができる」という意味では、痛覚過敏は有益です。有益なのですが、軽い捻挫で身動きができなくなったり、ちょっとした腹痛だと思われるのに痛い痛いとさわいで「救急車を呼ぼうか迷った」と言われてしまうくらい、痛がり方がひどいようです。

★遅れてやってくる不快感

過去の出来事を思い出して、いろいろと考え込んでしまうことは、誰にでもあることだと思います。私もよく過去の出来事を思い返して、どうしてそのような出来事が起こったかの考察や、私の対応や他者の対応がどういう理由だったのかなどの分析をするのですが、それを何度も繰り返すうちに気がついたことがあります。

私はどうやら、自分の体験や見聞きしたことに対する感情が、数時間から数日後に発生することがたびたびあるようです。遅れてくる感情は、不快感や怒りなど、マイナスのものである場合がほとんどです。

数年前の事例では、友人とある問題について話し合い、結論を出して解散した翌日に、話し合いの内容に怒りがわいたことがありました。すぐに電話で直訴し、ケンカに発展しましたが、数日をかけてなんとか収束しました。

他の例では、初対面の人と携帯の連絡先を交換した後、メールでプライベートな事情をしつこく聞かれ、そのときは「しつこいなあ」と思いながらかわしていました。数日後になってから、その相手がとても気持ち悪い存在のように思えてきて、着信拒否に設定しました。

また別の例では、大学生のときに、異性の先輩たち数人と外食に出かけたついでに、ビリヤードで遊んで帰りました。私はビリヤード初体験だったため、異性の先輩に指導してもらったのですが、その際に背後から密着されました。そのことを当時は「セクハラになるんじゃないかなあ」とは思いながらも不快感はなかったのですが、実に一二年後のつい最近になって、非常に強い不快感が吹き出してきて「あれはセクハラだ」と錯乱状態で家族に訴えました。

このような話をすると、「負の情動の『回帰』」つまり「そのとき感じた不快感などを思い出す」のだと思われることがあるのですが、そうではありません。「何とも思わなかったことに対して、後から不快感などが発生する」のです。定型発達の友人数人には理解してもらえませんでしたが、自閉症スペクトラム障害の友人数人は同じ経験があると言っていました。

先に挙げた例は、三つとも「思い出自体が不快な内容」でした。ですが、不快感が遅れてやってくる思い出は、楽しかった思い出の中にも紛れています。

ある時期、私のことを好きだと言って結婚しようと言ってくれていた人がいました。私は何故かその人と結婚しなければならないような気持ちになっていました。その人とは友人でしたが、いろいろな話をして、当時はとても楽しく幸せだったのです。ですが、今となってはとても気持ちが悪く、不快な思い出に変化してしまっています。その人との結婚を少しでも考えていたこと自体、消し去りたい過去になっています。ですが、その人とケンカをしたわけではないのです。ただなんとなく話の流れで絶交することになって、それからその人との思い出を考え直したら、気持ち悪さばかりがわいて出てくるようになっていました。結局、連絡がつかないようにしましたが、その人への拒否感や嫌悪感がどうしてこんなに強くなったのかは、自分でもよくわかりません。

★聴覚優位型だから助かること

成人知能検査の結果、私は視覚情報の処理が苦手で、聴覚情報を理解しやすい「聴覚優位型」だと言われました。発達障害者の中には、耳で聞いた情報を半分も理解できず、音声による会話に支障がある人がいるそうですが、私はそのようなことがありません。

就労している発達障害者の悩みとしてよく挙げられることに、「上司の口頭での指示を覚えられない」「口頭での指示を理解できない」というものがあります。中には上司に指示をメモに書き起こしてもらって、それを渡してもらう、という指示のもらい方をしている人もいるそうです。

私は上司の口頭の指示も覚えていることができましたし、覚えきれないと思ったらメモに書き写すことにしていました。こういう点では、私と定型発達者には大きな差はなかったのではないかと思います。最終的には、上司に優先順位つきの作業スケジュール表を作ってもらう形になりましたが、些細な指示は全て口頭でもらっていて、不都合もありませんでした。

今はその仕事を退職してしまいましたが、それでも聴覚優位型であることで助かっていることがあります。自閉症スペクトラム障害成人当事者の会で、私は司会をやることがとても多いのですが、そのときに聴覚優位型という特性が役立っています。慣れもあると思いますが、私は司会をしていて話の内容がわからなくなって困るということはあまりありません。司会をしていると、あまりメモを取る暇がないのですが、それでも私は特に混乱することはありません。大勢で話し合うと話の内容が理解しにくくて困るという当事者もいるようですが、私が司会の仕方を上手く工夫できると、理解しやすくなることがあるようです。

★メモ取りマシンになれる

自閉症スペクトラム障害の人は複数のことを同時進行できないと言われていますが、実は、そうでもない場合があります。「話を聞きながらメモを取る」ということは、定型発達者でも苦手とする人がいる反面、自閉症スペクトラム障害の人たちの中には「集中すればできる」という人がときどきいます。

私も話を聞きながらメモを取ることができますが、そういうときは「メモ取りマシン」になった気分で行っています。耳から入ってきた情報を、理解したり考えたりする前に、紙に書き出すのです。耳への情報の入力を、そのまま手を使って紙へ出力するという、機械のようなことをやるのです。そのようにメモを取っている最中は、話の内容はあまり理解していませんが、聞こえてはいますので、メモを読み直すことで話をしている状況を頭の中に再現することができます。

　ただ、これをやると、私は自分で発言した内容がメモできません。自分がしゃべりながら書くというのは、出力しながら出力することになるので、非常に難しいのです。自分が話したことをメモしたいときは、話した直後に自分の発言を思い出して書き出すようにしています。

★好きな食べ物がわからない

　幼稚園や小学校くらいの頃、他の人によく質問されて困っていた話題があります。それは「好きな食べ物」のことです。

　私は、自分の好きな食べ物が何なのか、成人したあとまで自覚ができませんでした。大学生の頃、やっと「クリームシチューやグラタンが好きだ」と自覚しました。その後、自分の好きな食べ物と嫌いな食べ物を少しずつ認識できるようになっていきました。

　子どもの頃、よく「好きな食べ物はなに？」と訊かれることがありましたが、私は全く思いつきませんでした。それでも何か答えなければならないと思い、一番最初に頭に浮かんだ料理の名前を答えていました。

自閉症スペクトラム障害の人には食べ物の好き嫌いが激しい人がいるそうなのですが、私はさほど好き嫌いがなく、料理への不満も要望もあまりありません。「できればあまり食べたくないもの」はあるのですが、「絶対にこれは食べられない！」というようなものは、ほとんどありません。

というよりも、料理や食材の名前をろくに覚えることができません。肉を食べていても何の肉を食べているのかよくわからないですし、魚の名前もなかなか覚えられません。焼き魚は形状で区別するようにしているのですが、切り身が同じ形をしている鮭とマスなどは区別がつきません。人によってはキャベツとレタスの区別がつかない（あるいはつかなかった）人もいるようです。

04 集中しています

★過集中その一

過集中はＡＤＨＤの特徴だと言われているようですが、ＡＤＨＤはないと診断された私も、過集中を起こすことがあります。

私ははっきりと覚えていないことですが、叔母が言っていたことを母が聞かせてくれました。

ある夏、祖母の家に一週間ばかり泊まりに行ったときのある日、叔母は私に「戸締りはしっかりして、そのままその部屋にいなさい」と言って外出したそうです。私はジグソーパズルに熱中していて、部屋が暑くなっても窓も開けず、夕方になって暗くなってきても明かりもつけず、文字通り「そのまま」部屋にい続けました。叔母が帰って来て大変驚いて、「融通の利かない子どもだ」と母に話したのだそうです。

融通の利かなさは確かに特性として存在します。ですがこの例は、ジグソーパズルへの過集中で、気温や部屋の明るさに気が回らなかっただけだと思います。ジグソーパズルをしていたのは覚えているのですが、「暑い」とか「暗い」と思った記憶はないのです。

完成したジグソーパズルは、糊を塗って、額に入れたものを祖母の家に飾ってあります。

★過集中その二

大学の夏休みのある時期、私は友人にゲームのプログラム作成を頼まれました。作り始めて作業が軌道に乗ってくると、とても楽しくなり、食事やトイレ、入浴等の生活必要時間以外は全て、プログラム作成作業に費やすようになりました。過集中です。

過集中に入って一週間が経つ頃から、肩こり、目の痛み、頭痛、腰痛などが起こってきました。その頃には作業が楽しいのかどうかはよくわからなくなり、ただ単に集中して行っている状態になりました。ドライアイで目がヒリヒリしたり、背中が痛くなったりしても、作業をやめることができませんでした。とはいっても、これは強迫観念ではなく、「やりたくてやっていること」です。楽しかったのは最初のうちだけでしたが、それでもやりたいことなのは最後まで変わりませんでした。やりたいという気持ちを抑えられず、さまざまな物事を犠牲にしてしまうのが過集中の弊害です。

一旦過集中状態に陥ると、何かのきっかけで集中状態が途切れない限り、何時間も何日間も何週間も同じことに集中し続けてしまいます。ゲームのプログラム作成での過集中は、一ヶ月にも及びました。結果として良いものができあがりましたが、過集中が終わったときの肩こりの悪化具合はひどいものでした。

過集中から脱したのは、プログラム作成作業がほぼ完全に終わったからです。ちょっとした手直しを残すだけの段階になって、やっと過集中から逃れることができました。

過集中状態に陥るのは、なかなか苦しいです。数時間程度で終わるのならば特に支障はないのでしょうが、私が過集中になる場合は、だいたい数日間から数ヶ月間くらい、ひとつの物事に集中し続けてしまいます。

この過集中状態には、気づく人がいるときと、いないときがあります。「熱心だなあ」と思われて誰にも気づかれないまま過集中が終わることもあります。誰かが気づいて、過集中してしまっている作業をやめるように言っても、私はやめることができません。あまり楽しいわけではない場合もあるとはいえ「やりたいこと」なので、邪魔されたくないですし、やめようと思ってもやめられずについやってしまうのが、過集中なのです。

★狭く深い興味

自閉症スペクトラム障害の人には「狭く深い興味を持つ」という特性があると言われています。私は特定の話題を掘り下げることが好きで、長い間同じ話題を続けることができますが、私と同じように付き合い続けてくれる人は、なかなかいません。私は気に入った話題は飽きるまで続けます。満足するか、納得するまで話し続けるため、徹底的な議論となってしまうことも多々あります。「狭く深い興味」の弊害でもあるかもしれません。

この「狭く深い興味」は、実は人間に対しても発揮されてしまいます。気に入った相手にはしつこく接しすぎてしまい、気持ち悪がられたり、鬱陶しがられたりということが過去に複数回ありました。それらの反省点から、私は今は、他人にはなるべくしつこく接しないように、自分を抑える努力をしています。

★大学院時代は不適応状態だった

大学院を辞めて就職したあと、精神的な不調がかなり改善され、調子がいい状態が続いていた時期がありました。その頃に当時の現状と大学院時代を比較して、大学院にいるときには不適応状態だったのではないかという考えに至りました。

大学院在学中は、慢性的な不安状態や外出に伴う不安感があり、作業の能率が悪く集中力も散漫で、抑うつ状態や焦燥感などもあり、精神的に健康だとは全く言えませんでした。

集中力が散漫だったのは、「これはやりたくない」というシグナルだったのかもしれません。就職後もやりたくない仕事には集中しづらかったですが、そうでもない仕事には簡単に集中することができていました。それに、集中ができないと能率が上がらないのは当たり前で、私の研究活動は遅々として進みませんでした。一方で職場では仕事の早さを逐一驚かれるほどの能率の良さで働くことができていました。それが私の本来の能力だったとすると、大学院では半分も生かせていなかったことになります。

人を見る目が豊かなはずの年配の大学教授は、私に「研究職に向いていると思う。大学院においで」と言っていました。私の思考や活動の傾向は、深く掘り下げることが基本となっているので、研究者的なのかもしれないと思います。ですが私は研究生活をうけつけませんでした。このことには、自閉症スペクトラム障害の特性が影響していると思います。

★大学院生活に不適応状態だった理由

私が大学院での研究生活に不適応状態だった理由を考えてみました。

第一に、大学院では自力で課題設定と研究計画の立案をしなければならなかったことが挙げられます。私は将来の見通しが近視眼的で、せいぜい三ヶ月くらい先のことまでしか想定できません。ですが、研究をするに当たっては一年間や二年間の研究計画を立てなくてはなりませんでした。苦手なことを強いられるストレスがありました。

そして、自力での課題設定は、的確な課題かどうかが自分にも、指導教官にもわかりません。研究というものは基本的に前例のないことをやるものなので、指標がないのです。不適切かもしれない課題に向かって作業を進めるのは不安材料にもなり、達成感もあまりなく、安定志向である自閉症スペクトラム障害の私には不向きの作業であったと思います。

第二に、大学や大学院は学業や研究の成果に対する評価を得る機会が乏しいことが挙げられます。講義の成績評価は半年に一回ですし、学年規模でやる研究発表も半年に一回でした。半年に一回の研究発表で評価が思わしくないと、強い徒労感に襲われることもありました。

一方で、会社ではスケジュール決定を行うのは上司などの他人でした。そして提示される課題は常に適切でした。仕事内容への評価は一日に最低一回、多いと数回ありました。正しく仕事を進められていれば評価が後押しになり、間違っていれば素早く修正することができ、達成感もありました。このような点で会社と比較して考えると、研究生活は、私にはあまり向いていないようです。

05 社交辞令は言わないで——薄情なわけじゃないけれど

★薄情なわけではない

自閉症スペクトラム障害の人は薄情だ、と思っている人がいるかもしれません。ですが、自閉症スペクトラム障害だからといって、別に情がないわけではないのです。単に、情の示し方が違うだけなのです。

誰かが「疲れた」と言えば、私は疲れているなら早く寝たらいいだろうなぁと思い、「寝れば?」と言います。

誰かが「頭痛い」と言えば、私は薬を飲めば楽になるだろうなぁと思い、「薬飲めば?」と言います。

誰かが「忙しい」と言えば、私は仕事を減らしたら忙しくなくなるだろうなぁと思い、「仕事減らせば?」と言います。

一応心配はして、解決策も考えているのです。

ですが私のような返事の仕方だと、母は「言ってることは正しいんだけど、会話が止まってしまう」と言っていました。会話が止まってしまうと、どういう不都合があるのか、私にはわからないのですが、定型発達の人々は「大丈夫?」「うん、ありがとう」というような感情のやりとりを好むようです。

定型発達者が「疲れた」「忙しい」等と言うときは、おそらく、誰かに気遣いを表現してほしいのです。それを学んだ私は、最近は「大丈夫?」と声をかけるようにはしていますが、このやりとりに意味を感じられません。

私も「疲れた」「忙しい」等と言うことはありますが、そこで「大丈夫?」と言われても返事のしようがなくて困ってしまいます。「大丈夫じゃないです」と答えてしまうことが結構あるのですが、適切な返答ではないのだろうと思います。

★「大変だ」=「手伝って」

私は高校生の頃、母に毎日弁当を作ってもらっていました。そしてたびたび母に「弁当を作るのは大変だ」と言われていました。そう言われるたびに、私は「大変なんだな、無理はしてほしくないな」と思い、「作るのやめたら?」と答えていました。

そうすると母は「あんたのために作ってるんでしょ⁉」と怒ることが常でした。私は当時、母が何故怒るのかわかりませんでした。「『手伝おうか？』と言わないなんて、思いやりの心はないのか、なんと冷たい子どもだ」と母は思っていたそうです。

私は母を気遣ったつもりでした。母に大変なことを無理して続けてほしくないと思いましたし、弁当なら買って食べることもできます。なので「弁当作りはしなくていいよ」と言ったつもりだったのですが、「作るのやめたら？」という言い方では、母に「ケンカを売っている」と思われても無理がないと今は思います。

母は、私が自発的に母を手伝わないことでたびたびいらだっていたそうです。「忙しそうにしていれば手伝ってくれるかと思って、『忙しい』『大変だ』って言ってみたけど、それでも手伝うってことがない」と言われました。私にとっては、「忙しい」と言われれば「忙しいんだな」、「大変だ」と言われれば「大変なんだな」と思うのみで、「忙しい」や「大変だ」という発言から「困ってるんだな、じゃあ手伝ってあげよう」という発想にはならなかったのです。

だからといって、思いやりがないわけではなく、手伝いたくないわけでもありません。「手伝ってくれ」と言われれば手伝います。ですが、言われなければ、手伝ってほしい状況というのがわからないのです。そしてやるべき仕事を自分から見つけることが難しく、指示を出されなければ行動がしにくいのです。

母に関して言えば、「大変そうに見えたり、自分でも手伝えそうなことをしているときには『手伝う?』と声をかけてみれば良い」と学習したので、そう対処してはいます。「大変そう」という印象と「手伝う」という行動が直結しているのではなく、大変そうだと思ったときに、こういうときは「手伝う?」って聞くといいらしいと思い出し、実際に聞いてみる、という感じです。

ですが、他の場面では、「いちいち聞かなくちゃ手伝えないのか」と怒りだす人もいます。私が何をしたらいいのかわからなくて困っていると、嫌味を言う人などもいるので、忙しそうな人への対応は大変難しいです。

★「暗黙の了解」の不理解

「今度遊ぼうね」

「暇になったら一緒にカラオケ行こうね」

こういう曖昧な約束が、私は大嫌いでした。私はまたの機会が欲しいと思って「今度遊ぼうね」と言うのですが、向こうは聞き流してしまうということが多々ありました。何故だろう、とずっと考えていたのですが、アスペルガー症候群だと診断されたときに「暗黙の了解を理解するのが苦手」と特性を説明されて、気がつきました。このような誘いの言葉は「社交辞令」のケースが多いのです。社交辞令なので特に意味はなく、ただ定型句のように言うだけなんだと理解しました。

社交辞令だと気づいてからは、他の人に曖昧な約束をされても「予定を入れて連絡しなければならない」とは思わないようになりました。でも、自分から言うときは無意味な社交辞令ではなく、本当にまたの機会が欲しいと思って言うことがほとんどです。それでも先方には社交辞令に聞こえてしまうことが大半みたいなので、何か良い解決策はないかなぁと悩むことがあります。

母は「またね」と社交辞令を言われると、「予定は立てられないけど、また会いたいという気持ちがあるんだな」と社交辞令を理解するのだそうです。私はそのような理解をせず、社交辞令とは口先だけの無意味な言葉で、本当は約束をする気がないと理解しています。

★声のトーンの使い方

大学院生の頃のある日、母にとあるニュースの話題を振られた際に、「その話はわからないからいい」と断りました。そうしたら、母はしばらく黙ったあとに、「他の人にもそういう言い方をするの？」と私に尋ねました。トゲがある言い方だったという自覚はあったので、私は「他の人相手だったらもうちょっと違う断り方をする」と答えました。その答えを聞いた母は、「そっか」と言って、またしばらく考え込んでいました。そして、少しあとに、母はわけのわからないことを言い出しました。

「『もうわかったからいい』じゃなくて、『その話はわかってるからもういいよ』って言ったほうがいいよ」

二つの発言の違いが、私にはわかりませんでした。二つとも同じ意味だからです。少し言葉を付け足して、語順を入れ換えただけとしか思えず、後者の言い方のほうが好ましいという理由がわかりませんでした。

何が違うのかわからないと言う私に、母は何度も二つの言葉を繰り返してくれました。言い方は変えず、同じ言葉でです。何が違うのだろうと真剣に聞いていたら、違いに気づいてはっとしました。二つの発言の間で違ったものとは、声のトーンです。母は「もうわかったからいい」という言葉を強く、きっぱり、言い捨てるように言い、「その話はわかってるからもういいよ」という言葉を優しく柔らかに言っていました。母曰く、私が「もういい」と言うときの言い方は、言い捨てるような言い方なのだそうです。私には、言い捨てている自覚はありませんでした。ですがそのような言い方は聞き手に拒絶感や不快感を与えることを母に説明され、やんわりと断る声のトーンを教えてもらいました。ですが、私が声のトーンをある程度使い分けられるようになったのは、大学院を中退し就職して一年ほど経ってからのことです。

就職して一年ほど経った頃、私は声のトーンから感情を推察したり、声のトーンを意識して使い分けたりすることが、少しだけできるようになったような気がし始めていました。お願いごとをするときはちょっと遠慮がちな声でとか、感謝を示すときは嬉しさを込めた声でとか、そういった小細工ができるようになってきた実感がありました。

そして、他人の声のトーンからも、気のせいだったり誤解だったりするかもしれませんが、ある程度感情を読み取れるようになってきたように思ったのです。

それでもやはり、相当に意識をしないと、声のトーンを使い分けるのは難しいです。

定型発達者にはごく自然に自動的に行えるらしい声のトーンの切り換えですが、私にとっては、非常に困難なことです。

★心配をかけたことがわからない

ある日の朝、いつもは混まない道路が渋滞で、会社に遅刻しそうでした。会社に電話をかけようかと思ったのですが、パニックに陥っていて他人と話せる心境ではなく、母に電話をかけて代理で職場に連絡をしてもらいました。その後、いつも通らない裏道を通ったら道路がすいていて、駐車場に車を入れたら、急げば間に合いそうな時間でした。遅刻しそうだと連絡はしてもらいましたが、私は遅刻をしたくなかったので、大急ぎで会社に向かい、事務室に飛び込みました。

上司に仕事の状況などを報告し、さあ今日の仕事を始めようと思ったら、母から職場に電話がかかってきました。「遅刻しそうだ」という連絡のあと音沙汰がなかったことに対する不満の電話でした。

「どうして心配をかけたと思ったらまず家に連絡しないの？」

と母は言いました。ですが、私にはそもそも心配をかけたという認識がありませんでした。

母は「駐車場についたら一言着いたと電話をくれるくらいするのが当然。職場には遅れるって連絡してあるんだから急ぐ必要がない」と言いました。私は「できれば遅刻したくない」という気持ちでいっぱいでしたし、心配をかけたという認識もありませんでしたので、母には昼休みに「間に合った」と電話すればいいと思っていたのです。

私は、誰かに心配をかけたことを実感できません。「心配した」とはっきり言ってもらえればわかりますが、そうでなければ、わかりません。ですので、心配をかけたことに伴って人間関係のトラブルが起こることが多々あり、難儀します。

★心配ってありがたい？

「心配したよ」

「ごめんね、心配してくれてありがとう」

身近な定型発達の人たちの間では、このようなやりとりをときどき見かけます。

「心配してくれて嬉しかった」と言う人もいます。こういう感覚は、私にはよくわかりません。

他人からの配慮や気遣いに、私は自然に感謝する場合と、何の感情も抱かない場合があります。その条件が何なのかを分析してみたら、実利主義的な結果になりました。例えば、上司からの配慮があると、仕事がしやすくなったり、職場で過ごしやすくなったりするという快適さが与えられますので、感謝の念がわきます。具体的でわかりやすいメリットがあると、感謝の念が自然とわくのです。

ですが、家族や友人による心配等は、当人が「心配した」と自称するだけで、特に何か利益が発生するわけではありません。心配してもらったことでもたらされる変化は何もありません。ですので、感謝の念はわかないのが私の場合は普通です。

定型発達者は、心配や気遣いをしたことをアピールしたがり、そのことに対してお礼を言うという「感情のやりとり」が好きなようです。私は、それが不思議です。私も誰かを心配したり、気遣うことはあります。ですがお礼を言われても、別に嬉しいとは思いません。お礼をする余裕があったら、心配や気遣いをしてしまうような状況から脱してほしいです。

定型発達者が多数を占める社会になじむために、私は心配や気遣いをしてもらったら「ありがとう」と言うように意識しています。ですが内心では、世の中は面倒くさい仕組みになっていると思っています。

ある定型発達の人は、私に対して「やよいさんのことをこんなにいろいろ真剣に考えてても感謝もしてもらえないんだったら、私はやよいさんにとってどうでもいい人間ってことですよね」と言っていました。私はこの発言の心境が全く理解できません。私のことをいろいろ考えてみるのはその人の自由であって、私はそれに感謝するもしないもないと思うからです。何か相談をして、一緒に考えてもらっているのならば話は別ですが、相手が勝手に私のことを考えていると自称するだけでしたので、なんとも思えませんでした。ですがその人のことがどうでもいい人だということには繋がりません。大切な友人の一人だと思っていました。

定型発達の人たちからすると、私のような考えは「非常識だ」ということになるようです。

★「ありがとう」のルール

何かをしてもらったときや、何か物をもらったときには、普通はお礼を言います。それも「感謝の気持ちがわいて」お礼を言う、という人が定型発達者の中では多数だと思います。

ところが、私はお礼を言えないことが多々あります。意識して言わないのではなく、感謝の気持ちがわいてこないために、お礼を言えないのです。わざと言わないのではなく、自然にしているとお礼の言葉が出て来ない、というのが私です。例えばどんなときにお礼を言えないかというと、欲しいわけではない物をもらったとき、してほしくないことをしてもらったときなどです。

知人は「望まないプレゼントをもらったときも、相手が自分のことを考えてくれたという事実が嬉しい。だから自然と感謝の気持ちを抱いてお礼を言う」と言っていました。ですが、私はそのような例のとき、「相手が自分を気遣ってくれた」とか「相手が自分に対する好意でしてくれたことだ」とか、そういう類のことは一切考えられず、「こんなものもらっても嬉しくない」「こんなことしてほしくない」という気持ちが先立って、「お礼を言う」という行動が起こせません。

もちろん、ありがたいと思ったときにはお礼を言います。そういうときは、自然にお礼が出てきます。ですが、私がありがたいと思えなかったときには、お礼の言葉を言うのは困難です。

「何かしてもらったときにはお礼を言わなくてはならない」というルールを常に

意識していないと、私にとって「お礼を言う」ということは非常に難しいことです。「何故ありがたくもないことに感謝しなければならないのか?」という疑問が、常にあります。「相手の気持ちに感謝する」という発想がないのです。

「相手の気持ち」に感謝できないのは、たぶん、他人の気持ちを察する能力に乏しいからだと思います。「相手が好意でやってくれた」と気づくことができれば嬉しい気持ちになり、お礼を言えるのでしょうが、なかなか気づくことができないのです。

それでも最近は、何かをしてもらったらすぐに「ありがとうございます」と言うように心がけて、習慣化してきています。一年二ヶ月の就労経験の中で、私の働きやすさなどへの配慮をしていただき、自然に感謝の念がわいてお礼を言うという機会が何度かありました。その際、お礼を言われた側はとても嬉しそうにしていました。そのことを通して、感謝の気持ちを伝えられて嫌な人はいないのだと気づいたので、それからは意識してお礼を言うようにしています。

★医師に対する無用な気遣い

私の気遣いはピントがずれているらしく、全く無用な気遣いになっていることがあるようです。

例えば、アスペルガー症候群かどうかの診断を受けるために発達障害の専門医を受診したときのことです。後日、私の幼児期の行動の聞き取りの際に母が医師にこう言われたそうです。

「やよいさんは話し方がとてもゆっくりですね。少しずつ区切って話をしていましたが、普段からそうですか？　それに、人と目を合わせることもあまりありませんね」

私は医師と話をする際に、「カルテに書き込んでいる最中にいろいろ言われたら混乱するだろうから、書き終わってから続きを話そう」と思い、ずっと医師の手元（カルテ）を見ながら話をしていました。が、どうも無用な気遣いだったようです。

思えば医師は「患者の話を聞きながらカルテを書く」ということに慣れているはずですから、医師がカルテを書いている最中にもどんどん話し続けてもいいのかもしれません。ですが、私はメモを取っている最中に話が続くと混乱することがあるため、自分に置き換えて考えてしまい、やはり話し相手が話の内容を書き取っているときに話し続けるということには抵抗があります。

★和を重んじない

「定型発達の人たちは、物事を荒立てずに丸く収めることを、自分の意思を通すことより優先するものだ」……複数の人にそう言われます。そのときには、私の言動や態度からは和を重んじる様子が見られないという指摘が同時についてきます。

最近、私も物事を穏便に済ませることを少しは覚えてきましたが、自分の意思を曲げて他の何かを優先することが大きなストレスになるのは、昔から変わりません。ストレスに耐えて物事を進めていると、結局どこかで破綻してしまいます。

トラブルが起こったとき、人間関係の維持を重んじて自分の主張を引っ込めるということが、私はなかなかできません。つい、思うままの言葉をぶつけて事を荒立ててしまうのですが、私のそういう部分を悪く思う人もいれば、「意思が強くて羨ましい」「自分の気持ちをはっきりと伝えられてかっこいい」と好意的に解釈してくれる人もいます。

和を重んじずに我を通すことが有益な業界もあるのだそうです。ですが、そのような特殊な業界にいるわけではない私は、やはり物事を穏便に済ませることを学ぶべきだと思います。そう思ってはいるのですが、意見を戦わせることを楽しく感じてしまう性質もあってか、謝るより先に持論が飛び出してしまいます。

★「ごめんなさい」

「ごめんなさい」は私にとって非常に重い意味を持つ言葉です。自分の罪を認めて相手に謝罪する言葉で、「私には罪があります。許してください」と言うのと同じような感じでした。

定型発達者はよく「ありがとう」や「ごめんなさい」を簡単に言いますが、私にとっては苦手なことです。一時期友人だった人には「私が『ごめんなさい』って言ってほしかったのは、白崎さんが今まで言った回数の五〇倍くらいですよ」と言われました。それほど落差があるとは夢にも思いませんでした。周りの人たちに、私は淡白で薄情な人間に見えているのかもしれないと、そのときは思いました。

実際に、私はアスペルガー症候群の診断が出るまで、母にはずっと冷血人間だと思われていました。母は「やよいは私を憎んでいる」とまで思っていたそうです。私は母との意思疎通が上手くいかないことから、母のことを疎ましく感じたことはありましたが、憎んではいませんでしたし、嫌がらせをするということもありませんでした。ですが、母は私にいじめられていると思っていたようです。

例えば、母が「忙しい」と言っても「手伝おうか？」と言い出さないこと。母が「頭が痛い」と言っても「薬を飲めば？」と言うだけで気遣いを示さないように見えること。ニュースを見てひどい事件があったときには「かわいそうだ」と言うのに、母に対してはそのような同情心が見えないこと。そういう理由から、母は「私はやよいに嫌われて、憎まれている」と思っていたそうです。

私が「忙しい」という言葉から「手伝う」という発想に至らないのは、裏に隠れている「手伝って」という言葉が読み取れないからです。なので、「忙しい」と言われたら、仕事を減らせば楽になりそうだなと思い、「仕事を減らせば？」「その仕事やめれば？」と提案していたのですが、それは「冷たい返答」だったそうです。

「頭が痛い」と言われたとき、私は痛みを抑えるためには痛み止めを飲むのが一番いいだろうという考えに真っ先にたどりつくため、「薬を飲めば？」という発言になります。「大丈夫？」という心配のアピールは、無意味なものにしか感じられなかったので、しませんでした。「薬を飲めば？」は私なりの気遣いなのですが、母には当時全く伝わっていませんでした。

このようなすれ違いが解決したのは、私が医師に「典型的なアスペルガー症候群です」と診断されてからです。私は私なりに自分の特性を学び、母もアスペルガー症候群という障害があるからと私の見方を変えていって、その結果、家族関係が改善されました。

自分の特性を学びながら、母をはじめとする定型発達者の好む対応を勉強して、気がついたのは、「定型発達者は感情を込めたやりとりが大好き」ということです。「自分を気遣ってもらっている」と思うと、定型発達者は嬉しくなるもののようです。そしてそれを感じとる方法の一つとして、「感情を込めた言葉をかけてもらう」ということがあるのです。

例えば、定型発達者が「忙しい」と言ったときには「大丈夫？　手伝おうか？」と、心配しているよ、手伝う意思があるよ、というアピールをするのが、万能ではありませんが、無難な策です。「ううん、休んでていいよ！」と手伝いは拒む人や、「それじゃ、ちょっと手伝って」と手伝いを頼んでくる人など、相手や状況によって対応は様々ですが、気分を害することはあまりないようです。

「頭が痛い」等の体の不調を訴えられたときに一番無難な対応は「大丈夫？」と声をかけることです。薬を飲んだり休息をとることなどの提案は、合理的なせいか、逆に反発心を抱かれるようです。「大丈夫?」と声をかけた上で「薬を飲んだら?」「少し休憩したら?」等と言うのは問題ないようなのですが、「大丈夫?」という「心配してますアピール」をしないで解決策だけを提案するのは好ましくない対応のようです。

このように「定型発達者ウケする行動」を私は多少学びましたが、その中で「ごめん」を挨拶代わりと言ってもいいくらい気軽に言えることが必要だと感じました。そこで、特に仕事をしていた時期などに、ちょっとでも迷惑をかけたと思ったらすぐに「ごめんなさい」と言えるようにトレーニングを重ねました。

今でも「ごめんなさい」に重い意味があることは変わりませんが、外出していて人とちょっとぶつかってしまったときに「ごめんなさい!」、家族に不満を抱かせたと察知できたときに「ごめん!」、友人とトラブルがあったときにどちらが悪いか考えるよりまず先に「ごめんなさい」と、できる限り言えるように努力しています。条件反射的な「ごめんなさい」でも、定型発達者は何故か満足するらしいのです。私には、そういう「ごめんなさい」は感情がこもっていないと思えるので、不思議で仕方ありません。ですが、「ごめんなさい」と言ってトラブルを引き起こすことは少ないので、必要に応じて言えるようにしておいたほうがいい言葉のひとつだと思っています。

★友達というものの考え方

自閉症スペクトラム障害の人たちにも、感情はあります。怒りますし、笑いますし、喜びますし、悲しみますし、思いやります。ですが、その感情が定型発達者には上手く伝わりません。

あるとき、友人が言いました。

「やよいさんは私のことを本当に友達だと思ってくれているの？　私と縁が切れることがあったら寂しいと思ってくれるの？」

彼女曰く、私から、他の定型発達者の友人から受けるのと同じような友情を感じないそうです。私の友情の示し方が、物足りなくて寂しいのだそうです。彼女は「友達が勧めてくれた作品は、気持ちが嬉しいから鑑賞してみる」というような、感情的なやりとりを非常に強く好む定型発達者でした。一方で、私は感情的なやりとりは苦手です。

それに加えて、私は人付き合いが淡白です。何かしら用件がなければ連絡を取ろうとしません。「雑談」が苦手なので、「話しかけなければならない用事」ができない限り、友人相手でも話しかけません。ところが、定型発達者の友人数人は、用事がなくとも「なんとなく」で私に話しかけてくるのです。特に話題がなくても声をかけてきます。これが私にはよくわかりません。そして、こういう部分が「冷たい」とか「暗い」とか受け取られがちなのだと思います。

私は、「友達」と連絡が途絶えても特に寂しいとは思わない可能性が高いです。もちろん相手にもよりますが、元々「用事がないと話しかけない」人間なので、用事が発生しないくらい疎遠になってしまえば、私から連絡することは全くなくなります。するとその縁は、私にとっては切れるべくして切れた縁ということになりますので、「もったいない」とか「寂しい」とか思うことはありません。

それでも最近、人間の縁というものを大切にしようと思い始めました。切れてしまった縁を繋ぐための活動をして、近況を知ることができた同窓生が複数いますが、その縁を繋ぎ続けることができるかどうか、よくわかりません。基本的には、やはり私は「用事がないと話しかけない」のです。その用事を作る意味での「年賀状」というシステムは、とても素晴らしいものだと思いますので、何とか活用していきたいと思っています。

06 定型と非定型——それはそれ、これはこれ

★定型発達者は物事を切り離して考えない

定型発達者は、ある意味で物事の割り切りができないようです。特定の事柄だけを、他の事柄とすっぱり切り離して考えることができない人がいるようです。

私はある時期、とある小さなサークルの長をやっていました。そして某月、サークルの方針変更のための話し合いにおいて、あるメンバーAとケンカになってしまいました。事態は一応すぐに収束したのですが、話し合いどころではなくなったので、「電子掲示板に方針変更案を書いておくから、目を通して意見をください」とメンバー全員に言って、会議は解散しました。締切りは月末としました。

ところが、電子掲示板に返信は一件のみでした。

その後、私の精神的な不調や忙しさを理由に、サークルの解散を考えることになりました。そしてメンバーBに「解散を考えている」と話し、その際に「サークルを改

革しようとしても一人しか意見をくれなかった」と愚痴ったところ、Bから以下のような指摘がありました。

「あのときのケンカはサークル分裂の危機だった。白崎さんもAさんもサークルの核にいる人だったから、その二人がケンカしたことでサークルがばらばらになるんじゃないかって居合わせた人全員が思った。他の人たちもサークルの今後をすごく心配していた。だから、一応白崎さんとAさんとは和解したことをみんな知ったけど、サークル改革案はあのときのケンカを思い出させるから、腫れ物に触れるかのように忌避されたんだ。一人だけ返信してる人の返信内容にも、痛烈な批判がこもっているはず」

以上の指摘は全て私には想像不可能な内容でした。私にとっては、ケンカが起こったことと、サークル改革案に対して皆に意見を求めていることとは、全く無関係なことです。さらに、ケンカの当事者がケンカのことを気にすることは当然ですが、傍観者までもがケンカを引きずってサークル改革案に意見を出せずにいたということは完全に想定外です。唯一返信してくれた人の意見からも、私は批判らしきものは一切感じ取れませんでした。

「ケンカを思い出すからサークル改革案にコメントできない」というのは、それがケンカの当事者の意見ならば理解ができます。ですが傍観者までそんなことを思うなんて、信じられません。ケンカが起こったと言っても最終的には和解しましたし、和解した旨は居合わせた人全員に伝えてありましたから、傍観者にまでケンカの遺恨が残るなんて理解不可能です。その上、傍観者はケンカとは無関係なのだから当然意見をくれると思っていました。

そもそも、ケンカがサークル分裂の危機というほど激しいものだとは全く思っていませんでした。サークル改革案の説明の仕方がきっかけでケンカになったのですが、そのケンカとサークル改革案の内容自体は私にとっては無関係です。内容自体が問題だったのではなく、私の説明の仕方が気に入らないということでケンカになったのですから、サークル改革案自体に問題があったのではないと思うのです。

ですが、定型発達者である他のサークルメンバーにとっては、ケンカとサークル改革案を切り離して考えることはできなかったようです。ケンカは完全に和解したし、そのことをその場に居合わせた全員に伝えたにもかかわらず、サークル改革案が「腫れ物に触れるかのように忌避された」というBの意見が全く理解できません。でもBの言うことはおそらく正しいのだと思います。Bは私がアスペルガー症候群であることを知っており、そして私に様々な示唆をたびたびくれていた人だったからです。

この出来事から私が学んだのは、「定型発達者は物事を切り離して考えることができない」ということです。逆に言うと、アスペルガー症候群である私は、個々の物事を関連づけて考えることができないのです。

ケンカはケンカ。サークル改革案はサークル改革案。傍観者は傍観者でケンカとは無関係。傍観者はサークル改革案に意見をくれて当然。ケンカ相手も和解したのだから意見をくれて当然。私はこのように思っていました。まさかサークル改革案が「腫れ物に触るかのように忌避される」ものになっているとは、想像も及びませんでした。

定型発達者のこのような「物事の割り切れなさ」は、私の想像の及ばない事柄であることが非常に多いです。「定型発達者は何事も感情的に関連づけて考える」ということを念頭に置いてコミュニケーションを図らなくてはならないと思いましたが、実践するのは難しいです。

★自由という不自由

体調不良による退職後、少し体調が戻ってきてから、地域活動支援センターに通ってみようと思いました。俗に言う「作業所」です。何ヶ所か見学に行った結果、気に入ったところが一ヶ所あり、体験通所をしました。

そうしたら、そこはあまりにも自由すぎる場所で、強い戸惑いを感じて一日しか行くことができず、結局通所せずに終わってしまいました。

その地域活動支援センターがどのように自由だったかというと、

・来てもよい。来なくてもよい。
・何時に来てもよい。何時に帰ってもよい。
・作業をしてもよい。しなくてもよい。
・遊んでいてもよい。
・寝ていてもよい。

と、何をしてもいい、本当に自由な場所だったのです。

自由な場所が苦手なのは、性格の問題かと思いました。ですが、たまたま自閉症スペクトラム障害当事者の集いでこのことを話したら、他の当事者の方々に共感してもらえたのです。「具体的な指示がないとわからないのに、好きにしてって言われても困るよね」と、その場にいた友人は言っていました。

さらにその後、TEACCHプログラムに関する冊子を読んだところ、「余暇を過ごすスキルを育てる」という発想があることに大変驚きました。「自閉症の人たちにとって、自由な時間は何が起こるかわからない不安な時間」と書かれていて、自由な場所が苦手だというのは障害特性だったのだと納得しました。

定型発達の人たちにとって、自由時間は気楽で過ごしやすい時間なのだそうです。ですが私は、「自由時間には何をしようか」と悩み、計画を立てて自由時間に臨みます。仕事をしていたときも、昼休みは昼食後に携帯ゲーム機でゲームをして過ごすと決めていたのを思い出しました。

★学校は意外と過ごしやすい

自閉症スペクトラム障害の人は、突発的な予定の変更によってストレスを受ける人が多いようです。私もその一人で、予定外の出来事が起こると、その内容が好都合でも困惑し、ストレスを感じます。

仕事をしていたとき、会社では予定通りに進む物事はほとんどありませんでした。私が接客をすることはありませんでしたが、客商売だったので、日によって職場が立て込んでいたり、そうでもなかったりと、出勤するまでその日の様子がわからないのが常でした。

一方、学校では予定外の出来事はほとんど起こりません。一日は時間割通りに進み、休日は学校側の指定通りです。学校内で過ごす時間は、「予定外の出来事」によって負担を強いられることがほぼありません。

学生時代の「何事も予定通りに進む生活」から、会社勤めになり「万事が予定通りに進まない生活」になったことで、日々のストレスの重さが段違いでした。とは言っても、大学院時代は「常に見通しが立たず常に不安」という状態だったので、それから比べれば、予定通りには進まなくとも一応翌日の仕事内容を予告してもらえる会社勤めの時代のほうが、遥かに良かったですが……。

★記憶力の偏り

自閉症スペクトラム障害の人は記憶力がいいというイメージがあると思います。実際に記憶力がいい人もいますし、写真記憶といって写真のように細部まで完璧に記憶してしまう人もいます。

私も記憶力は悪くはないと思っていますが、万物を記憶できるのかというと、そういうわけではないのです。

私の場合、興味がない対象については非常に記憶力が悪いです。ほとんど記憶ができないと言っても過言ではないくらいに覚えられません。興味がない対象の代表格が食事なのですが、食器や食品の容器、食品の名前をほとんど覚えていません。

ある正月にシソ味噌を食べたくて母に持ってきてもらったとき、母は容器を見せながら「味噌だよ」と言い続けていましたが、そのときに母は「いつもこの入れ物に入ってるから見たら分かるかと思ったのに、分からないの？」と言っていました。私はわかりませんでした。いちいち入れ物を覚えていないからです。

こういったことは自閉症スペクトラム障害の人がいる家庭ではよくあることらしく、知的障害を併せ持つ自閉症スペクトラム障害当事者のお子さんをお持ちのお母様が「容器を見ても中身が何だかわからないんでしょ？」と理解を示して下さりました。

★どうしても覚えられないもの

自閉症スペクトラムの人は記憶力がいいと言いますが、私には「どうしても覚えられないもの」があります。それは、自分の茶碗です。食事のときにご飯を盛る茶碗です。

当時使っていた茶碗は、薄水色で模様が入っているものだったのですが、母が使っている茶碗も同じ薄水色でした。大きさも形もほとんど同じでした。模様は違いましたが、私はその「模様の違い」が覚えられませんでした。なので、「茶碗を出して」と言われたり「茶碗を運んで」と言われたりするたびに、「どれが私の茶碗？」と母に聞いていました。毎回です。食事のたびに質問していました。

右がそれまで使っていた茶碗。
どうしても模様が覚えられなかった。
左が今使っている三角形の茶碗。

母は「毎日使っている茶碗なのにどうして覚えられないの？」と疑問を呈しました。私にも理由はよくわかりませんが、自分の茶碗の模様を覚えることができません。色と形だけは覚えているのですが、母のものと同じなので区別がつきませんでした。なので、毎回「どれが自分の茶碗か分からない、全然覚えられない」と言っていました。

その後、母がやっと解決策を提示してくれました。あまり使っていない茶碗の中に、ちょっと変わった形の茶碗があったのです。それは三角形の茶碗です。三角形といっても、角がかなり丸みを帯びているので、普通の円形の茶碗とそんなに大きな差はありません。でも、形が全然違うので、母の茶碗と区別がつけられるようになりました。

そうして、食事のたびに「どれが私の茶碗なの？」と聞かずにすむようになりました。


何故こんなに茶碗が覚えられなかったのでしょうか。その理由はたぶん、私にとって茶碗は「非常に興味がない対象」だからだと思います。私にとって重要なのは茶碗ではなく、茶碗の中身のご飯なので、茶碗に注目することができません。「ご飯を食べられればそれでいい」と思っているので、食器に関して非常に無頓着なのです。

実は、同様の理由で箸も覚えられないのですが、箸に関しては「この色は父の」「この長さは母の」というように色や形のルールがあるので、自分の箸を選ぶことができます。ルールと照らし合わせても判断が難しいときは「この箸は誰のだっけ？」と質問することがあります。

もう一つ、どうしても覚えられないものがあります。それは歯ブラシです。私は歯ブラシを「置いてある場所」でしか記憶できません。色や形を覚えることが全くできません。ですので、いつも必ず同じ場所に戻します。家族は自分の歯ブラシを色で覚えているそうですが、どうしてそんなことができるのか、私は不思議でたまりません。

★自己分析

アスペルガー症候群だと診断されたとき、医師や、同じアスペルガー症候群の知人に自己分析を勧められました。

最初はそれを参考に少し自己分析をしてみていましたが、徐々に「自己分析をするより、定型発達の人たちのことをよく知ったほうが遥かに有用なのではないか？」と思い始めました。

そのことを母に話したところ、母にこう言われました。

「『自己分析をしなさい』というのは、他人を知ることを含めて自分の理解を深めろということではないか？　他人についてよく知らなければ自己分析のしようがないし、自己分析をするに当たって他人のことも必然的に知ることになると思う。私はそう理解して聞いていた」

この意見で、目から鱗が落ちました。私は「自己分析をしなさい」とは「自分のことだけを詳しく分析すればよい」という意味だと思っていたのです。他者のことはどうでもよく、知る必要もないと言われていると思っていました。「言外の意味を察することができない」という例だと思います。医師はおそらく母が解釈した通りの意味で言っていたと思うのですが、私にはそれが伝わりませんでした。

ともかく、それからは定型発達者のことを観察したり、最も身近な定型発達者である母との揉め事があった際には二人で協力して原因を究明するなどするようになりました。自己分析はし始めるとなかなか面白く、定型発達者との違いを見出して、それが障害特性であるとわかったときには充実感があります。そうして、私の趣味の一つに「自己分析」が加わり、およそ七年ほど真剣に取り組んでいました。

★長さがバラバラの木で作った樽

あるとき、精神科のセカンドオピニオンを取りに他の精神科病院に行きました。その病院もやはり発達障害は専門外だったのですが、担当してくださった医師は、アスペルガー症候群についてある程度詳しい知識をお持ちでした。

「アスペルガー症候群の人のことを考えるときは、長さがばらばらの木で樽を作ると考えるとわかりやすいよ。すごく短い木、すごく長い木、普通の長さの木、いろいろ組み合わせて樽を作ったら、水はどこまで入る？」

その医師は言いました。私が「短い木まででですね」と答えたら、「そうです。樽に入れるものはストレスとかです」と言われました。比喩の理解が困難な私ですが、この話はすんなり理解ができました。私にとって的確な表現だったのだと思います。

定型発達者は、他人を認識するときに、能力が一番高い部分、つまり樽を作るときの一番長い木を基準にして「この人はこのくらいのことができる」と思ってしまうのだそうです。発達障害者の発達の度合いのギザギザさを話題にするときに、私が住む地域ではそのように言う人がいました。

今回の樽の比喩で、私は「発達障害者の自己認識も、それと同じではないだろうか？」と思いました。少なくとも私は、未知の事柄に対して自分ができることを考えるときに、「自分の能力の一番高い部分」を自然に自己の能力基準として認識してしまうようです。その未知の事柄が得意分野ならば「思った通りにやっぱりできるな」と思うのですが、不得意な事柄だった場合には「どうしてこんなに上手くいかないんだろう？」と、私は自分で自分を不思議に思い、幻滅します。

樽の話に置き換えると、自分も他人も「長い木」を基準に樽を見てしまうのではないか、というのが私の考えです。そして長い木の分まで水（仕事や学業やストレス）

が入ると思い込んで水を注ぎ、短い木の部分で溢れ始めて「あれ？」とびっくりしたり、突然調子を崩したりするのだと思います。キャパシティ（能力）を非常に簡単にオーバーしてしまうわけです。これは定型発達者でも同じことが言えるとは思うのですが、発達の偏りが大きい分、発達障害者のほうが顕著にこのような現象を起こすのではないかと思います。

★言葉の表現の細部にこだわる

私は言葉の表現について強いこだわりがあります。些細な言い違いですら許しがたく感じることが多いですし、言い違えられた言葉を本来の言葉と別の意味だと思って混乱してしまうこともあります。これには、自閉症スペクトラム障害当事者にありがちだと言われる「一対一対応の理解」が影響しているのかもしれません。自閉症スペクトラム障害の人は、ある物事に対して意味をひとつだけ見出す傾向にあるようです。この傾向は、私の場合は言葉の使い方に非常に強く出ています。

大学生の頃、学期の始めに、履修科目について母と話したことがあります。

「結局あの講義取らなかったの？」

母が言った言葉を聞いて、私は即座に反論しました。

「取らなかったんじゃない！　取れなかったの！」

このときの母にとっては、「取らない」と「取れない」は意味的に大差がなかったそうです。ですが、私にとって、この二つの単語は全く意味が違うのです。「取らない」とは意図的に取得しないという意味合いで、「取れない」とは取る意志はあっても取ることができない、つまり不可抗力的に取得できないという意味合いだと、私は認識しています。こういう意味合いを明確に使い分ける人はあまりいないのかもしれませんが、私は使い分けずにいられません。

もう一つ、母が「理解できない」と言い「面白い例」と他人に紹介するのは、「そば」と「近く」の違いです。母が「レンジのそばにラップがあるから持ってきて」と言ったのですが、私はレンジのそばを見てラップを発見できず、「なかったよ」と母に言いました。母が「そんなはずはない」と私と一緒にレンジのそばまで行って、レンジから三〇センチほど離れた位置にあるラップを見つけて「ほら、あるじゃない！」と言いましたが、私は反論しました。

「それは『そば』じゃない」

「そば」は私にとって、接している状態です。「近く」は三〇センチ程度離れた状態です。いつそのように定義したのか、自分でも全く記憶にないのですが、いつの間にか、私の頭の中では二つの単語がそう使い分けられるようになっていました。

ですので、「レンジのそば」と言われて私はレンジに接しているラップを探して、見つけられませんでした。母が「レンジの近くにラップがある」と言っていたら、見つけることができていたと思います。

自閉症やアスペルガー症候群を「病気」と表現されるのも、私は嫌いです。「病気」とは私にとって「治る見込みがあるもの」なので、「自閉症やアスペルガー症候群は治るものじゃない！」という不満感がわいてきてしまうのです。世間では「障害」という言葉が忌み嫌われますが、私は「障害」と表現するほうが「治らないこと」がすんなりと受け入れられて、好みです。

★言葉の省略で文脈が読めなくなる

定型発達者とやり取りをしていてときどき思うのは、些細な表現の差や言葉の省略が理由で文脈が読めなくなってしまうことがあるということです。

以下の話は実例を改変した例え話です。

大学の研究室内の進捗報告レポートに後輩がネット上の情報を参考文献として載せていました。私はそれでは根拠薄弱だと思い、本格的な調査をしなければならないのではと思いました。そこで先輩にそう指摘したところ、正式に発表する研究報告ではなく、あくまでも研究室内でのレポートなので、そこまでの正確さは必要ないのではと言っていました。その上で、先輩が「ちゃんとした根拠を見つけるように言っておく」と言ったので、私は「後輩にですか？」と聞きました。先輩は「いや、教授に」と言うので、私が「教授に根拠を探させるんですか？」と言ったところ、先輩は「教授に、後輩に根拠を調査するように指導するようにあとで言ってくる」と言い直しました。

こういうとき、定型発達者の頭の中ではしっかりできている話の道筋が、私には見えていないことがよくわかります。

定型発達者の話す、意図のわからない捉えどころのない話が苦手で、単刀直入な話し方が好きなのですが、そういう話し方を「つっけんどんだ」とか「ぶっきらぼうだ」と表現する人もいるので、感性の違いを感じます。

★挨拶の大切さに気付いたとき

子供の頃、母に「どうして近所の人に会ったら『おはようございます』とか挨拶しなくちゃいけないの」と質問したことがありました。

母は大変答えに窮したようでしたが、「人間関係を円滑にして、いざというとき助け合えるようにするためじゃないかな」という風に答えてくれました。私はいま一つ納得がいきませんでしたが、「挨拶は必要なこと」と思い、自分からするようにはしていました。でも、その「挨拶」のメリットに気が付いたのは、仕事を始めてから約一年経った頃です。それまでは、挨拶によってもたらされるものは何もないと思っていました。

挨拶は、働き始めの頃は「なんだかよくわからないけどするのが当たり前」という考えでした。挨拶によって得られるものは何もないと思っていました。ところがある日、仕事中に困ったことができたときに、毎朝挨拶を交わしている職場の先輩に非常に話しかけやすいということに気付いたのです。そのときに「ああ、挨拶のメリットはこれだったんだ」と強い驚きを感じました。挨拶をしておくだけで互いに親近感がわき、話しやすくなるということに、二十代後半になって初めて気付きました。それ以来、私は以前よりも挨拶を大切にするようになりました。

07 アスペルガーだからこそ私は私

★「信頼」を抱けない

私には、第一印象で人を判断するという能力がありません。

定型発達者の代表格で人生の先輩でもある母は、人生経験もあってか、初対面の人と接したときに「相手に配慮した物の言い方ができる、優くて礼儀正しい人」というような詳しい印象を抱くのだそうです。正確な人物像を掴めるわけではないそうですが、会った瞬間に「優しそう」「怖そう」などと思うようです。ですが私は、初対面の人に対する印象というものがほとんどありません。一見してこういう人という印象を掴むことができません。このことで、私は人間関係において大変な支障を感じていますす。何故かというと、周りの人間がどういう人かというイメージが全く持てないからです。

具体的には、友人、家族、支援者、とにかく周りの人々全てに対して何かアクションを起こした場合に、どう思われるかが想像できませんし、どう言われるかが想像できません。何をされるかも想像できません。何が好きそうかわかりませんし、何が嫌いそうかもわかりません。

ですが、このような状態を「怖い」「不安」とは思いません。生まれたときからこれが普通だったので、「周りの人は皆どんな反応をするかわからない」という状態が当たり前なのです。

とはいっても、人物像を一生作らずに終わるわけではありません。第一印象では人物像は作れませんが、その代わりに生まれつき、他の方法で作るようになっています。その方法とは、データベースを作るような感じです。このような話をしたら喜んだ、このような作品を好んだ、このような話題で怒った、このような人物を嫌った、など、いろいろなデータを蓄積していきます。そのデータを元に、その人の行動や反応を予測するのですが、数年、数十年と付き合いが長くないと、当たりません。

母との付き合いが短かった時期、つまり私がまだ子供だった頃には、母の行動を予測し間違って怒られたことがありました。小学生だった頃のある夜、寝つけなくて寂しくて母を起こしたら「疲れてるのに」と大変怒られたので、私は「母は夜起こすと怒る。なので、絶対に起こしてはいけない」と学びました。その数年後、中学生の頃のある夜に工作をしていて手を怪我し、結構な出血をしたときも「母は夜起こすと怒る。なので起こしてはならない」と思って起こしませんでした。ところが翌朝になってから母に「昨日の夜怪我しちゃった」と傷を見せたら「なんですぐ起こさなかったの？」と言われたので、非常に驚きました。その怪我は三針縫いました。

そういう状態が私にとっては常ですので、家族と比べて圧倒的に付き合いの浅い友人などは、反応の予測がほとんどできないと言っても過言ではありません。これがすなわち、「信用」「信頼」という気持ちを抱けないということに繋がるのだと思います。

とはいっても、私は家族に対しても「信頼」を抱いたことがなく、「信用する」「信頼する」ということがどういう感覚なのかが全くわかりません。家族とは付き合いが長いので、「こういう反応はするだろう」「こういった反応はしないだろう」という予測はできますが、それと「信用」や「信頼」は全然違うと思うのです。友人に至っては何が好きそうで何が嫌いそうかもほとんどわからないですし、何を言ったらどんな反応をしそうかもほとんどわからないので、先方にも「信頼されていない」と思われるようです。

このようなことをブログに書いたとき、「アスペルガー症候群の人はオキシトシンという愛情ホルモンが足りないから、信頼感が抱けない」という説をコメントでいただきました。ですが「自閉症スペクトラム障害の原因はオキシトシンの欠乏」という説をほとんど否定する研究結果もあるそうです。一時は単なるホルモン不足で説明がつくかと思われた現象だったのですが、現実はそう甘くないようです。

★自閉症スペクトラム障害はコミュニケーション能力の障害？

アスペルガー症候群、高機能自閉症などの自閉症スペクトラム障害を紹介するとき、よく言われるのは「コミュニケーション能力に障害がある」ということです。確かに私も自分のコミュニケーション能力を問題に感じ、他人とのコミュニケーションで苦労することが多いです。

では、自閉症スペクトラム障害はただの「コミュニケーション能力の障害」なのでしょうか？

答えはノーです。

はたから見ていてわかりやすいのは、コミュニケーション能力の障害だと思います。ですがその他に、「疲れやすいのに疲労感を認識できない」「予定と少しでも違ったことが起きるとパニックになる」「聴覚、視覚、その他の感覚に過敏さや鈍感さがあり、定型発達者と感じ方が違う」「視覚優位型の場合、耳から聞いた情報が上手く理解できなかったり、覚えられなかったりする」「嫌な思い出を忘れることができない」などなど、コミュニケーション能力以外にもいろいろな問題点があります。私には思いつかないような特性を持つ自閉症スペクトラム障害の人もいると思います。

では、自閉症スペクトラム障害の人たちには問題点しかないのでしょうか?

それもまた、答えはノーです。

周囲の人たちの受け取り方次第になりますが、「言葉を文字通りに理解し、裏の意図を探らない」という側面を「素直で好感が持てる」と思う人はいます。興味や関心が独特で、かつ深い部分について、「今まで知ろうとも思っていなかった世界を魅力的に紹介してもらえた」と思う人もいるようです。

そして、よく言われる「自閉症スペクトラム障害の人は空気が読めないし暗黙の了解も理解しない」というのは、実は、「定型発達者社会から見た偏見」です。自閉症スペクトラム障害当事者同士が集まって会話をすると、皆その場の空気が読めますし、当事者がいつの間にか持っている暗黙の了解も理解しているのです。自閉症スペクトラム障害の当事者同士でもコミュニケーションでトラブルが起こることはありますが、それは定型発達者が周りの人全員と親しくできるわけではないのと同じです。

★不可能なことを補う努力

診断がついて、まだそんなに年数が経っていなかったある日、「空気が読めない」ということについて母と話していました。そのときに、母はこんなことを言いました。

「アスペルガー症候群の人が『空気を読む努力』をするのは、足がない人が『足で歩く努力』を、目が見えない人が『目で見る努力』をするのと一緒だ」

目から鱗でした。私はそれまでずっと「不可能なことを可能にする努力」をしなくてはならないと思っていました。

ですが、母の言うことは違います。

「『空気を読む努力』ではなくて、『空気を読めないことを補う努力』をするべきだ」

必要なのは、不可能を可能にする努力ではなく、「不可能なことを補う努力」なのだと、母は主張します。

私は母の言葉に感銘を受けたのと同時に、この母の子で良かったと心から思いました。

不可能なことは不可能だと受け入れて、補う努力をするというのは、一見すると開き直りに見えるかもしれません。ですが私は思います、「不可能を可能にすることはできない」と。不可能なことがあることを気負う必要は無いし、不可能を可能にしなければならないわけでもないのです。

完全な人間はいません。誰にでも「できないこと」はあります。生まれつきアスペルガー症候群である私は、その「できないこと」が少し多いだけです。そして、その代わりに偏った発達による長所も得ました。

私はアスペルガー症候群を自分の欠点とは思いません。私がアスペルガー症候群であることは、私が私であることに等しいからです。私はアスペルガー症候群であるからこそ私なのであって、アスペルガー症候群は私から切り離すことのできないアイデンティティです。

アスペルガー症候群は先天性の障害であり、現代医学では「治る」ことがないとされています。ですが、私はそれでいいと思っています。

アスペルガー症候群として生まれて、苦労することは確かに多いです。世の中は定型発達者が多数派ですから、少数派のアスペルガー症候群の人は、生きていくことへの苦労を感じる人も少なくないと思います。私自身、「生きてきくことがつらい」という思いがつきまとっていた時期が人生の大半を占めていました。

ですが、アスペルガー症候群という障害を抱えているからこそ、定型発達者と互いに理解し合えたときの喜びは格別です。アスペルガー症候群当事者同士で理解し合ったときには、そこまで強い喜びは感じないので、定型発達者同士でも同様だろうと思います。

「ハンディキャップ（障害）は、神様からの贈り物」という考え方があります。この障害があるからこそ、私はいろいろな人と出会うことができましたし、自分の新しい面を知ることもできました。障害を抱えることをマイナスの要素だと捉える人は多いと思いますし、生きていくに当たって苦労はありますが、生きることが大変なのは定型発達者でも同じです。私は自分がアスペルガー症候群だからといって特別に重いものを背負わされたとは思いません。むしろ、アスペルガー症候群を抱えて生まれたことがわかったからこそ、様々な発見があり、日々の生活も充実していると思います。

第2部

母から娘へ――霧が晴れた日に

［白崎花代］

第1章　子どもの頃

娘は、二三歳になってアスペルガー症候群と診断されました。

彼女の障害がわかってから、何人かの人に、「子どもの頃には、気がつきませんでしたか」と聞かれました。

私は、気がつきませんでした。

「他の子どもと比べて、変わっているなあと思ったことはありませんでしたか」とも聞かれましたが、特別そう思ったことはありません。

後で考えてみて、これには二つの理由があると思い当りました。

一つは、私の「自分の子ども」に対する考え方です。

私はかなり若い頃から、自分の子どもはこう育てたいという考えがありました。結婚相手を考えるよりも、ずっと前からです。どういう人と結婚したいかよりも、自分に子どもができたら、こういうふうに育てようという考えの方が先にありました。それはその頃、私が親と上手くいっていなかったからだと思います。それで、自分はこういう親には絶対にならないという思いがあったため、自分なら……と考えていたのだと思います。

それは、たとえ相手は子どもであっても、「一人の人間」として接しようということでした。

生まれるまでは、私の肉体の一部として体内にいますが、生まれ出たそのときから一人の人間になるのです。たとえ小さな赤ちゃんでも、へその緒を切ったその瞬間から、私と共にこの時代を生きていく一人の人間となります。先に生まれ、この世の何十年間かをすでに経験してきた人生の先輩として、我が子の成長を助けていくのが私の役目であると考えていました。ですから、我が子に望んだことはただ一つ、「自分で、自分の人生を切り開いていってほしい。そして、人生を終えるときに、いい人生だったと思って終えてほしい」それだけでした。そう思って育ててきたので、今日に至るまで、こういう職業についてほしいとか、どこそこの大学を出てほしいといった類の期待を、子どもに抱いたことはありません。

自分らしくあること、自分らしく生きることを一番に望んでいたので、他者と違うところがあっても気にならなかったのだと思います。我が子も、他の子どもたちも、それぞれ違って当たり前だと思っていました。

ことに子どもが小さいうちは、どの子どもでも素晴らしい個性を持っていると思える時期があります。それが、大きくなるにしたがって、だんだんに目立たなくなっていきます。子どものためにと親があれこれ望むことは、子ども自身が生まれながらに持っている大切なものまで、なくしてしまうような気がしていました。小さいうちに他の子と違うところが多少あっても、そうした違いは、やがて学校生活を送るようになり人の中でもまれるようになれば、必要なものとそうでないものとに分けられ、必要な「違い」は彼女の個性として定着していくと思っていました。

もう一つは、娘が小学一年になったときから、喘息発作を起こすようになったことです。多いときには年に三回ほど、少なくとも一回は入院していましたし、通院などで学校を休む事が多くなっていきました。そのため、学校生活は途切れ途切れでしたが、病院での生活経験は多くなっていきました。こうした経験が、他の子どもたちとうまくやっていけない原因なのではと思っていました。そのうえ一人っ子で、他に比べる兄弟姉妹もいなかったため、長い間、親の私も彼女の障害に気づくことなく暮らしてきたのだと思います。

障害がわかった今、改めて娘の小さかった頃を思い出してみると、いろいろと印象深い出来事がありました。障害に関係があったことなのか、なかったことなのか、よくわかりませんが、今なお心に残っている事を書きとめてみました。

1　きっぱり口調の女の子――生まれた頃

娘は、昭和五八年に生まれました。初めて病院に娘を見に来た母と妹は、そのときの印象を、「じっと見つめる子」と言っていました。その後も、きりっとした顔つきで、とにかくじっとこちらを見つめる子だったと、何度となく言われました。なかなかしっかりした顔つきの子で、意志の強い利口そうな子どもに見えたそうです。

その後、順調に成長していきましたが、「はいはい」はしませんでした。「伝い歩き」をしばらくした後、一歳一ヵ月ほどで歩きました。

言葉を話すのは早く、十ヵ月ころから簡単な言葉は話していました。いわゆる赤ちゃん言葉のようなものは、ほとんど記憶にありません。いくつかは話していたのでしょうが、かなりしっかりした言葉を話していたように思います。

私は、言葉を早く話し始めたのも、しっかりとした会話をするのも、娘がまだ言葉を話す前から、毎晩本を読み聞かせていたのが良かったのかと思いました。母から、「相手は赤ちゃんでも、きちんとした日本語で話しかけなければならない。大人が赤ちゃん言葉で話しかけてはいけない」と言われて、気をつけて話しかけていたことも影響しているのかと思っていました。

赤ちゃん言葉らしいもので今も覚えているのは、次の二つだけです。「キューピーさん」は、何度教えても「ピューキーさん」でした。他のことはしっかり話せるのに、これだけはなかなか正しくなりませんでした。

もう一つは、「こいのぼり」です。これは、なぜか「こわっち」でした。四月の中旬も過ぎる頃、散歩に出ると、あちこちの庭にこいのぼりが立っていました。それをいちいち指差しては、「こわっち、こわっち」と言っていました。このときは、まだ娘も一歳四ヵ月くらいだったので、「こいのぼり」の言い回しが難しかったのかもしれません。

今となっては、他の赤ちゃん言葉らしいものを、私はあまり覚えていません。「たんた」（靴下）、「まんま」など、成長過程で言ったと思いますが、ずっと残っていることはなかったようでした。正しい言い方ができるようになると、正しく言っていたように思います。他の大人達にはよく、「しっかりと話をする子だ」と言われていました。

*

なかでも、この時期一番印象に残っている事といえば、「おむつ外し」のことです。しっかりと話ができるわりには、なかなかおむつを外す事ができませんでした。

「こんなによくお話しできるのに、どうしておしっこは教えられないの？」

と、よく言われました。そういうとき、娘はきまってこう答えていました。

「いいの。自分で外したくなったら外すの」

きっぱりと、強い口調で言うので、大人たちもそれ以上は言いませんでしたし、私も娘の「決意」を尊重し、彼女が言い出すのを待っていました。

よその子よりだいぶ遅れて、

「今日からおむつはいらない」

ある日、娘は突然言いました。ちょうど梅雨時の頃でした。

大人たちは、なかなかおむつを外そうとしないのを心配し、娘にかける言葉も、その頃には、「おむつをして、幼稚園に行かなきゃならなくなるんだよ」と、なっていました。まさかおむつをしたまま幼稚園へ通ったりはしないとは思いましたが、いったいいつになったら外す気になるのだろうと、さすがの私も気になりだした頃でした。

娘は、宣言したまではよかったのですが、おもらしの繰り返しでした。とうとうパンツの洗濯も追いつかず、近くのお店に買いに行ったりしました。

「本当におむつはいいの？」

と私が聞くと、彼女は、

「いらない」

と、きっぱりと言うのでした。

おもらしはなかなかやまず、パンツの洗濯と買い足しにおわれる日々が、一週間程続きました。私もうんざりしてきた頃、ピタリとおもらしはとまりました。

「ほら、言った通りでしょ」と言わんばかりの、得意気な娘の様子に、私は「へぇ……。言った通りになるんだ……」と、なんだか不思議な体験をした気分でした。

このとき以来、本当に、おむつは必要ではなくなりました。

＊

「ぬり絵」のことも、興味深い出来事でした。

実家の母が、たった一人の孫かわいさに、宅配にいろんなものを入れて送ってくれました。その中に、ぬり絵も入っていました。

クレヨンがやっと使えるようになった頃は、単純な図柄のぬり絵が主でした。娘は図柄を無視し、なんとか使えるようになったクレヨンを、ぬりつけているような状態でした。だんだんクレヨンや色鉛筆の扱いにも慣れてくると、送られてくるぬり絵の図柄も複雑になっていきました。

そんなある日、娘は、

「全部、ぬれた」

と言って、私のところにぬり絵帳を一冊持ってきました。

一目見て、私はちょっと驚きました。図柄は、何人かの人物がポーズをとっているものでした。ぬり方は、図からはみ出すことなく上手でしたが、ぬっている色がめちゃくちゃでした。人物の顔は緑、髪はオレンジといった調子で、全体としてはモザイク模様のような有様でした。

たぶん娘は、「ぬり絵」なので、文字通り、「色をぬる」ことを楽しんだのではと思えました。

私は、ぬり絵を指さしながら、

「ここは髪だから、黒か茶がいいんじゃないかな。顔は、やっぱり肌色がいいと思うんだけど」

と言うと、娘は、

「髪は、オレンジじゃいけないの？」
と聞きました。
「いけないってことはないけど、髪がオレンジの人って、あまりいないでしょ？」
と私が言うと、彼女は
「ふーん」

娘が描いた絵。
白目と黒目がはっきりした目、穴のある鼻、ヒゲなど
特徴をしっかりととつかんでこまかく描いています。

と言って、しばらく自分の作品を見ていました。

以来、彼女のぬり絵は、「図柄に合った色を、できるだけ本物らしく、丁寧にぬるもの」として認識されたようで、普通のぬり絵になっていきました。

＊

「絵」のほうも、ちょっと特徴的でした。「見たものをそのまま描く」といった感じの絵でした。人物には、白目と黒目のはっきりした目、穴のある鼻などがしっかりと描かれていて、小学生が描く人物画のようでした。

私はこんな娘の絵を見て、「絵の才能」があると感じるよりは、むしろ科学的な、「観察眼の鋭さ」を感じていました。

このような絵も、ある時期を境に変わっていきました。近所に住む、幼稚園に通っていたYちゃんと遊ぶようになったからです。

娘にとって、Yちゃんは憧れのお姉ちゃんでした。なんでも真似したがりました。絵もすぐにYちゃんの描く、丸く真っ黒でまつげがぱっぱとついた目、鼻はもちろん穴などない小さな鼻の人物が描かれるようになりました。

絵のタイトルも、以前は、「歯ブラシ君とコップ君」（歯ブラシ、コップ、自分、口から出たバイキン、流し、排水口などを描いたもの）だったり、「病院で診察を受けるお母さん」（診察を受けている私の姿を描いたもの）でしたが、「ハイヒールをはいたお姉さん」や「お姫様と王子様」になりました。それまで描いていた、日常生活をスケッチしたような絵は、その後ほとんど描かれなくなりました。

＊

この頃、娘の一番のお気に入りに、「毛布ちゃん」がありました。赤ちゃんの頃使っていたベビー毛布に、ガーゼのカバーをつけたもので、いつもそばにおいていました。時々娘に黙って洗っていましたが、洗うことを娘に断ったことがありました。するると娘は、

「せっかく自分のにおいがついているのに、洗うと、においがなくなるからいやだ」と言いました。でも、汚れが目立ってきたので、

歯ブラシ君（右）とコップ君（左すみ）。
中央は口から出たばいきん（黒ポツ）、水、流し、
排水口だそう

お母さんが診察してもらっているところ

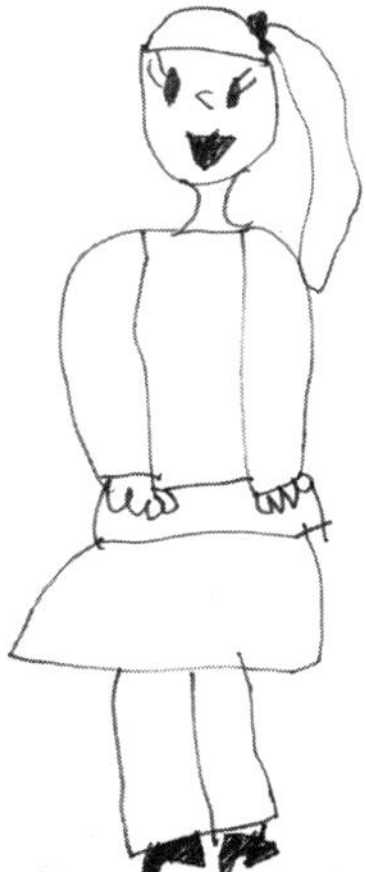

ハイヒールをはいたお姉さん

おひめさまと王子様のロボット

「人もお風呂に入ってきれいにするのに、毛布ちゃんが汚いままじゃ、かわいそうだよ」

と彼女を説得し、なんとか承諾を得ました。すると娘は、物干し竿に掛けられた毛布の下に立って、毛布の端をつかみ、

「乾くまで、一緒に待ってる」

と言うのでした。

「風に吹かれて、バタバタしないと、早く乾かないんだよ」

と、私はその行動を止めました。

＊

スーパーで、大声を出されて驚いたこともありました。急に、

「おしっこもれる！」

と、大声を出したのです。まずその声の大きさに、私は驚きました。そんな大声で言わなくても……とあわてた私は、買い物もそこそこに、トイレを目指したのですが、トイレに着くまで、「おしっこもれる、おしっこもれる！」と大声で言いっぱなしでした。あのときの声の大きさには、本当に驚かされました。そばに寄ってきて、そっと「トイレに行きたい」と言えばすむものを……とも思いましたが、小さい子には緊急事態だったのかもしれないと、そのときは納得しました。

でも、いわゆる「女の子らしくない」と思ったことも事実です。もう少し、「はず

かしい」を知ってもいいのに……と思ったものです。

2 「叱り方」を教えてくれる子——幼稚園に入って

そんな娘も、幼稚園児になりました。憧れのYちゃんと同じ幼稚園です。Yちゃんは小学生になっていました。

この幼稚園時代にも、印象深いことはいくつかあります。まず一番の驚きは、幼稚園で泣いていたことです。

入園が決まってから、娘は通園バスで通っていました。朝は、いくぶん緊張した面持ちでバスに乗って行き、帰って来ると、その日の様子を、朝の歌から始めて帰りの会まで、詳しく報告するのが日課でした。

ときには一緒に歌を歌わされたり、覚えてきたお遊戯をさせられたりもしましたが、一日も「行きたくない」と言ったことはなく、毎日、元気に幼稚園生活を送っていた……と、私は思っていました。

ところが、秋の個人面談のとき、先生は言いました。

「今だから言いますが、入園当初は、この先どうなるかと思いました」と。

なんと娘は、園に着くと、教室のベランダの窓にすがって、「お母さん、お母さん」と泣いていたのだそうです。それでも毎日通園はしてくる、でも来れば泣いているの

日々だったそうです。さらに先生は、

「それもそのうちおさまって、幼稚園生活になじんでくれたので良かったです」

と、いかにもほっとしたという感じで言いました。

私には、まるで信じられない話でした。彼女は、「泣いた」などという話は、一度もしたことがありませんでした。「行きたくない」と言ったこともありませんでした。何故だったのだろう……と思いましたが、先生が嘘を言うはずもありません。家に帰って娘に聞くと、どうもそうだったようです。

今なら、生活空間が変わったことへ対応しきれず、しばらくパニックを起こしていたのかもしれないと想像できます。

＊

娘に、「叱り方」を教えられたのも、忘れられないできごとです。

ある晩、かなりきつく叱りました。原因は何だったのか、覚えていません。かなり大きな声を出して、叱ったのは覚えています。

次の日の夜、ちょうど昨夜叱ったときと同じ時刻になると、娘は言いました。

「お母さん。お母さんは昨日の今頃、私を叱ったでしょ。あんなに大きな声で叱ったら、小さい子は、びっくりするんだよ。小さい子に何か言いたいことがあったら、静かな声で、やさしく言わないとだめなんだよ。幼稚園の先生は、みんなそうするんだよ」

私は、教え諭されたようで、

「そうなんだ。幼稚園の先生は、そうするの。今度から気をつけるよ」

と言いました。親子というよりも、対等な立場にいるような、ちょっと奇妙な感じがしましたが、「子どもといえども一人の人間」ということを強く感じたできごとでもありました。

医師との関わりでも、忘れられない事がありました。近所の整形外科医のT先生には、小さいころからたびたびお世話になりました。

たぶん、捻挫をしたのが最初だったと思いますが、幼稚園の頃、初めてT先生の診察を受けました。その捻挫もほとんどよくなったので、T先生は娘に、

「今日から、お風呂に入っていいよ」

と言いました。彼女は即座に、

「いやだ」

と答えました。

先生は、ちょっと驚いた顔をして、

「もう、だいじょうぶなんだよ」

と言いました。すると娘は、こう答えたのです。

「だって、風呂場はすべるでしょ。せっかくよくなってきたのに、すべって転んで、また悪くなったら困るもの。だから、まだ入らない」

先生は、

「そうか。それなら、いいんだよ」

と笑って言いました。

その後、彼女は幼稚園で遊んでいて、トランポリンから落ちるということがありました。バスで帰ってくるなり、トランポリンから落ちた事を説明し、

「背中が痛いから、T先生の所へ行く」

と言うのです。土曜日のことでした。私は、もう診察時間は過ぎていたので、

「湿布したら治るから、そうしよう」

と言ったのですが、彼女は、

「こういうことは、お母さんじゃ分からない。T先生じゃないとだめだ」

と言い張るのです。仕方がないので病院に電話をすると、先生は診て下さるとのことでした。

主人が、車で連れて行きました。しばらくすると、胸に湿布の袋を抱えて、娘は帰ってきました。

「ほら、やっぱり湿布でよかったんでしょ」

と私が言うと、

「でも、これはT先生が診てわかったことだから。お母さんは、お医者さんじゃないでしょ」

と言われました。レジもしまってたので、支払いがてら、月曜日にもう一度様子を見せて下さいと先生に言われたそうです。

その日、幼稚園が終わったあと、今度は私が連れて行きました。

診察室で先生に、

「診察時間も過ぎていたのに、診ていただいてありがとうございました」

と土曜日のお礼を言うと、捻挫のときの娘を見ているT先生は、

「いいの、いいの。行くと言ってきかなかったんでしょ」

と笑って言いました。そして、診察室のベッドに座っている娘に、

「もう、体を曲げたりしても痛くない?」

と聞きました。すると娘は、

「わからない」

と一言。

「体を曲げてみて、痛くない?」

と先生が言うと、

「どんなふうに?」

と、また一言。

先生は、椅子から立ち上がると、

「こういうふうとか、こういうふうに曲げても痛くない?」

と、体を曲げて実演してくれました。それを見て娘は、

「ちょっと痛い」

と一言。

たいしたことはなさそうだと、それで診察は終わりました。T先生はとても娘が気に入ったようで、その後も私や主人が診察に行くと娘の様子を尋ねたり、娘が行くと親切に対応してくれました。

＊

幼稚園の行事の中でも、忘れられない事があります。初めての運動会での、徒競走のときのことでした。

スタートラインに何人かの子たちと並んでいた娘は、合図が鳴ったのに、まったく走り出そうとしないのでした。途中まで走っていった友達が、娘が走りださないのに気がついて、自分も走るのをやめてしまいました。そして、娘が走り出すのを、じっと待っていてくれたのです。

先生方に声をかけてもらい、なんとか娘は走り出しましたが、「競争」という言葉とはほど遠い、のんびりとした走り方でした。友達は、娘が追いついてくると、自分も娘のペースに合わせて走り出し、二人仲良くゴールに入ったのでした。私はゆっくりと走りだした娘にも驚きましたが、待っていてくれる子がいたことも意外でした。一瞬、運動会場が静まりかえった、奇妙な徒競走でした。

＊

この頃のお気に入りの遊びは、某社のブロックと看護婦さんごっこだったと思います。某社のブロックは、いろいろなお店のシリーズが出ていて、たくさん組み立てると、一つの小さな街並みができるものでした。実家の母は、毎回違うものを送ってくれたので、彼女は熱心に作ってはバラして箱に戻し、いつか部屋いっぱいに街を作りたいと言っていました。

ジグソーパズルやブロックは、彼女の大好きな遊びでした。かなり長い時間、あきずにやっていたものです。

看護婦さんごっこもお気に入りで、ぬいぐるみやお人形を、タオルの上に寝かせて患者さんに見立て、自分は看護婦さんになりきって、世話をしていました。もともとは、実家の母が、宅配に看護婦さんセットを入れてくれたのが始まりでした。注射器、体温計、聴診器、ナースキャップなどがついた簡単なセットを見た彼女は、初めは少し嬉しそうな顔をしましたが、すぐに、

「これでは遊べない」

と言いました。

「え、どうして?」

と私が聞くと、

「看護婦さんの、白い服がない」

そう、困ったように言いました。

「なくても遊べるよ。これだけあるんだもの」

私は、ごっこ遊びには十分だと思いました。

「あの服が無ければ看護婦さんじゃない。作って」

彼女にとっては、不完全な「看護婦さんセット」だったようです。白衣が無ければ看護婦さんになりきれないから、看護婦さんごっこはできないと言う娘に負けて、私は白衣を作ることになりました。

と言っても、どうやって作ったらいいのか……。あれこれ考えた末、古いワイシャツの襟を外し、ウェストの辺りを白いリボンでしばってみました。

「これでもいい?」

と娘に聞くと、

「うん、これで看護婦さんになれる」

彼女はとても喜んで、すぐにこの遊びに熱中しました。

＊

このほかにも、この時期はいろいろと思い出があります。

あるとき、

「字を覚えたい」

と、娘が言いました。

「まだ早いからいいよ。あとで教えてあげる」

私は、取り合いませんでした。そうしたら娘は、裏の白いチラシの表から透けて見える、印刷された字をなぞって、字の練習を始めたのです。当然、娘が一生懸命なぞっている文字は、すべて裏返しの文字でした。それを見た主人は、

「このままだと、反対に字を覚えてしまう。教えてやったほうがいい」

と言いました。早々に「あいうえお練習帳」を買って娘に与えると、彼女は熱心に練習し始め、次々とあたらしい練習帳をほしがりました。

中耳炎になったときも、少々驚きました。「耳が痛い、耳が痛い」と娘が言うので、耳鼻科に連れて行きました。医師は、

「中耳炎には中耳炎だが、本当に初期の段階で、うっすらと赤い程度だ。普通はこれくらいで痛みは感じない」

と、驚いたように言いました。一応薬はもらってきましたが、ずいぶんと敏感な子なんだなあと思いました。かなり神経質な子なのかもしれないと、少し心配にもなりました。

*

また、幼稚園に入る少し前あたりから、図書館にも通い始めました。

初めの頃は絵本中心でしたが、そのうち科学的なものに、とても興味を持つようになりました。特に、人体に関する本に興味を持っていた時期がありました。

幼児向け、あるいは小学校低学年向けに書かれた人体に関する本をたくさん読んでは、そこから得た知識を、遊びに行った先のお母さん、おばあちゃんに披露していたようです。私は友達に、「将来医者になるかもしれないね」などと言われました。被害に遭ったのは、主人でした。

小学校低学年向けの性教育の本で、男の子と女の子の体の違いや、その部分の名称を覚えた娘は、私とお風呂に入るたびに、自分の体や私の体を見て、実物と名称を確認していました。

女の子の体はそれでよかったのですが、男の子の体はそうはいきません。主人とは生活時間が逆のため、一緒にお風呂に入ることも滅多にありませんでした。そこで彼女が思いついたのは、主人がトイレに行くときに、ついていくという方法でした。これには、主人も困りました。いちいちついてきては、さっとトイレに入り込んでしまいます。そして、自分の体にはない部分の名称を言って確認するので、ゆっくり用も足せません。困り果てた主人は、

「なんとかしてくれ。トイレに入るときは、ついて来させるな」

と言いました。何と言って娘を止めたか覚えていませんが、一応満足したのか、彼女の確認作業は数日で終わりました。

＊

あと一つ、忘れられないのが、「オズの魔法使」です。テレビでこの映画を見た娘

は、とても気に入ったようでした。

並の気に入り方ではありません。ビデオに撮ったものを毎日のように、繰り返し、繰り返し見ていました。それも、ただ見ていただけではありません。主人公ドロシーの着ているような、フリルのついたワンピースに着替え、同じような手かごを下げ、愛犬のトトに見立てたぬいぐるみを足元に置き、テレビの前に立つ。それからビデオをスタートさせ、もう、ドロシーになりきって見るのでした。

どこがそんなに気に入ったのか、私には理解できませんが、かなりの間、こんな日が続きました。家事をしながら見聞きしていた私ですら、今でも映画のシーン、歌、ドロシーのセリフなどが思い浮かぶくらいです。

3 「子どもだまし」は通じない——小学校に入学

小学校に入学してから、印象深い出来事は、そう多くはなくなりました。小学校一年生のときに始まった喘息発作のため、そちらの治療に関わることが多くなったからだと思います。

一年生のときの担任はとても優しい先生で、授業中でも、娘が息苦しくて調子が悪いと言うと、すぐに保健室へ行かせてくれました。初めて喘息発作を体験した娘は、その苦しさに常に慎重になり、少しでも体調がおかしいと不安になって、たびたび保健室へ行っていたようです。

娘の発作は、運動誘発性と言われるもので、少し激しく体を動かすと起こるのでした。縄跳びや走ることなどもほぼ禁止されている状態だったので、教室でみんなとちょっと騒いだだけでも、発作が起こることがありました。それでも、担任がいつも保健室へ行かせてくれたので、安心できたようでした。たびたび早退もしていたので、学校から電話があるたび、私は迎えに行っていました。

二年生になって間もなく、娘は学校に行きたくないと言い出しました。新しく担任になった先生は、保健室に行きたいと言うと「我慢できないの」と聞くのだそうです。以前のように、簡単に保健室へは行けなくなったようでした。

「とても具合が悪くても、我慢しなさいって言われて、保健室に行けなかったらどうすればいいの」

娘はこのことをとても心配し、学校へ行けないと言うのでした。

「我慢できないって、言ってごらん」

と私は言いましたが、娘と担任の溝は深まるばかりでした。

そんなある日、娘を学校に送り出し、ほっと一息ついた頃、担任から電話がありました。娘の様子を見に、学校に来てもらいたいと言うのです。何があったんだろうと急いで駆けつけました。担任は玄関で私を待っていて、すぐに近くの相談室へと案内しました。私を見つけた娘は、「お母さん」と言ってすぐに駆け寄ってきましたが、

担任は、

「今、お母さんと話があるから待っていなさい」

と言って中に入り、相談室のドアを閉めました。娘は、ドアをドンドン叩きながら、

「お母さん、お母さん」

と泣いていました。

相談室の椅子に向かい合って座ると、担任は言いました。

「あの様子を見て下さい。私は今までに、こんなにわがままな子を見たことがない。今日は、連れて帰って下さい」

私は、泣きわめいている娘の手を引き、学校を出ました。学校を出ると、娘は落ち着いてきましたが、こんな形で学校から帰された私は、かなりショックを受けました。まだ家庭訪問前の出来事でした。

このまま一年過ごすわけにはいきません。なんとか担任には、娘がひどく心配していることをわかってもらわなければ。私には、娘がとても不安でいることがわかったので、どうやってそれを担任に理解してもらえるのか、ずいぶん頭を痛めました。家庭訪問は、数日後に迫っていました。

家庭訪問の当日、最後に我が家を訪れた担任と、二時間あまり話し合いました。担任は担任で、昨年すっかり甘やかされて生活してきている子どもたちに、手を焼いていると言いました。集団で生活する以上は、そのルールを守ってもらわなければなら

ないのに、未だにそのルールが、しっかり身についていないというのでした。そのせいで、自分も少し厳しくあたっているところがあると。

私は、昨年初めて喘息の発作を経験した娘が、その苦しさをとても恐れていること、発作は頻繁に起こることなどを伝えました。彼女も、自分の病気にどう対応していいかわからず、不安でいっぱいなのだから、なんとかわかってほしいと言いました。

その後担任は、娘に前ほど厳しく言わなくなりました。どちらかというと、「陰ながら支える」といったような接し方で、必要なときには、ちゃんと手を貸してくれるようになりました。しばらく経つと娘の担任評価も、「本当は、いい先生なんだね」となり、だんだんに馴染んでいきました。

ただ一つ、最後まで娘が嫌がったのは、担任が大きな声で叱ることでした。自分は関わりなくても、大きな声で誰かを叱っているのは、とても嫌だとよく言っていました。

＊

もう一つ、小学生時代に大きな出来事がありました。娘が五年生のとき、私が三週間ほど入院したことです。その間、夏休み中だったこともあり、私の母のもとで暮らすことになりました。その頃、実家は母と妹の二人暮らしでした。父は、すでに亡くなっていました。

どうしてそこまでこじれたのか、私にはよくわかりませんが、娘と母たちは、もうこれ以上一緒に暮らすのは無理というほど、うまくいっていなかったようです。私は、手術が終わり、一人で歩けるようになってから、テレホンカードを買っては実家に電話していました。電話に出るのは、いつも母か妹のどちらかで、二人とも、

「もう、この子と一緒には暮らせない。手に余る。早く連れて帰ってほしい」

と、娘と暮らす難しさを私に訴えるのでした。

娘は、実家の暮らしに、全く馴染めずにいたのです。私も親とうまくいかない時期があったので、内心では娘に同情し、なんとか娘をわかってもらおうと思いましたが、母と妹にとっては、もう限界だったようです。日々の生活の中で、様々な出来事が起こり、母と妹は、振り回される毎日だというのです。話を聞いている私にしてみれば、もう少しゆっくり娘の言い分を聞いてやってほしいと思うのですが、こんなに頑固でわがまま、強情な子どもは見たことがないと、電話をするたび、テレホンカード一枚がなくなるまで、私は言われるのでした。

そう言われても、私はまだ入院中ですし、主人は夜の仕事です。今すぐ、連れて帰るわけにはいきません。なんとか頼み込んで、退院当日まで預かってもらうことにしました。そして、初めは母がこちらまで娘を送って来て、退院後の私の生活を手伝うことになっていましたが、それもならず、結局主人が、中間地点まで娘を迎えに行くことになりました。私は、友人の迎えで退院し、家に帰りました。

このとき以来、もう高学年だった娘が、一人で実家へ遊びに行ってみたいと言って

も、娘一人で行くことは二人に固く断られました。

今思えば、このとき初めて三週間も親と離れて暮らすことになった娘が、彼女の持つ障害の特性を、かなり表したときだったのではないでしょうか。

小さい頃から、彼女は納得のいかないことには従おうとしませんでした。「○○をしなさい」と言うと、決まって「どうしてしなきゃならないの？」と、聞き返されました。その理由を、常に知りたがりました。それも、彼女が納得しうる、きちんとした説明が必要で、いわゆる「子どもだまし」みたいなことは、なかなか通用しませんでした。何度か説明をしては、聞き返されることをくり返し、彼女は納得するのです。納得さえすれば、きちんと従ってくれました。これはときとして、かなり時間と労力がいることでした。

でも、私はこうしたことは、いやではありませんでした。前述したように、私は自分の子どもでも、「一人の人間」として接しようと決めていたからです。彼女とのこうした時間は、相手が小さな子どもであっても、お互いに「真剣に話し合う」という状況を作り出していたからです。

理由を知りたい彼女も真剣でしたが、彼女が納得するような、なるべく正確な説明をしたい私も真剣でした。おそらく母と妹は、彼女と真剣に向き合わなくてはならないときがあることに、気づくことができなかったのでしょう。

ことあるごとに、「なぜ、どうして」と聞く娘は、素直に「はい」と言う子ではありません。納得できなければ従わない娘は、強情であり、わがままです。娘は娘で、年に一、二度、それも数日間しか暮らしたことのない実家では、わからないこと、勝手が違うことが、たくさんあったのでしょう。

「何を言っても、お母さんはそんなふうに言わないと言って、言うことを聞いてくれない。もう限界だ。あの子は、あなたの言うことしか聞かない」

と、最後に母は言いました。このときも、これが母と私の、子育ての違いなんだとしか思いませんでした。

このときの出来事が響いたのか、二学期になると、娘は学校へ通うのが辛そうでした。

＊

二学期が始まってしばらくすると、ある教科担任の先生に、

「喘息で学校を休みがちなのは、体を鍛えないからだ」

と、娘は言われるようになりました。あるとき、担任が欠席し、その教科担任が代わりにクラスに来ました。彼は一時間の授業をそっちのけにして、クラス全員の前で、「体を鍛えないから、学校を休むことになる」といった説教を、娘にしたそうです。いつも娘をいじめているクラスの子でさえ、「あれはちょっとひどいと思った」と、後で担任に言ったそうです。

それからまもなく、彼女は学校に行けなくなりました。食欲も落ち、夜も眠れなく

なったのです。そのため、数ヵ月、学校を休むことになりました。

休んで一ヵ月ほどすると、精神状態は落ち着いてきましたが、学校へは行けませんでした。その分私と娘は、図書館に通ったり、同じく不登校でいる友達の子と会ったりし、それなりに充実した日々を送っていました。

六年生になった運動会の日、五月末頃のことでした。たまたま運動会を見に行った私と娘に、新しく転勤してきた養護教諭と教頭先生が声をかけてくれました。「学校へ来てみない。職員室にでも遊びにおいで」と言われたように思います。娘は、そのときの先生方の態度と話の内容に興味を惹かれたらしく、まもなく職員室に登校し始めました。これは、卒業まで続きました。

この職員室登校は、非常に彼女を生き生きさせました。まず時間に縛られず、皆と同じ行動をしなくてもいいということが良かったのではと思います。学校側も、まず「登校する」ということを第一目標にしていたので、登校後は、完全に彼女のペースに合った過ごし方ができました。たまには課題のプリントをしたり、いろんな先生方と勉強以外の話をしたり、先生方の作業を手伝っては感謝されたり……本当に充実した日々でした。

あるときは、彼女一人のために家庭科室を使わせてくれ、事務の方と二人でクッキー作りをしたこともありました。私は、学校生活の中で、こんなに生き生きとした彼女の姿を見るのは初めてでした。担任は、

「お母さんが勉強の心配がないというのであれば、私としては何も言うことはありません。本人が生き生き暮らしているのが一番です。私のことは気にしないで下さい」と言ってくれました。

私はこのときの担任はもちろんのこと、学校長、教頭、養護教諭をはじめとして、事務職の方々に至るまで深く感謝しています。担任とは、今なお年賀状を通して、近況報告もしています。「学校」という環境に娘を通わせることになって、唯一心から良かったと思えた時期でもありました。

*

もう一つ、高学年になって忘れられない出来事は、「家出」です。何が原因だったのかよく覚えていませんが、彼女は家を出て行くと言いました。私は、「それじゃ、必要なものは全部持ちなさい。何かあったら、警察に助けを求めるんだよ。悪い人もたくさんいるから、気をつけるんだよ」と言って、止めませんでした。彼女がこういうことを決意すると、私でも彼女の考えを変えるのは困難でした。どうしようもないときは「やってみればわかる」と、こちらも割り切って覚悟を決めることにしていました。

彼女は、リュックを背負って家から出て行きました。

しばらくして、警察から電話がありました。娘は、近くの交番に保護されていました。リュックを背負って家を出たはいいけれど、まもなく喘息の発作が起きて、苦しくて歩けなくなったというのです。発作のほうは、持っていた吸入剤で落ち着いたようですが、帰りたくないと言って泣いているといいます。迎えに来てほしいというので、主人に迎えを頼みました。私が行ったのでは、ますます意地になって、帰ると言わないだろうと思ったからです。そう思いながらも、私の忠告に素直にしたがって警察に電話したというところが意外でもあり、ほっとしたところでもありました。

＊

いわゆる反抗期と言われる時期に入ると、こういうゴタゴタがよく起こるようになりました。相手は、私だけとは限りませんでした。喘息の治療をして下さる医師にも、「こんなにいろんな薬を飲んでも、ちっとも良くならないから、もう薬は飲まない」と言った事があります。

「薬を飲まないと苦しくなるよ。薬と苦しくなるのとどっちを取るの」といった問答の末、妥協策として、「一番いやな薬をやめる」ということになり、一種類だけ薬を減らしました。家でも、薬なんか飲んでも飲まなくても同じだと言って、飲まないこともたびたびあり、処方どおり飲ませるのに苦労しました。

中学・高校となると、薬を飲むことの大切さもだんだんわかってくるようになりました。薬のほうも新薬が開発され、前ほど多くの種類を飲まなくてもよくなり、こうしたトラブルも落ち着いていきました。

この小学校高学年から、嵐のような時期に入ったと言ってもいいほど、娘と私はぶつかり合うことが多くなりました。

4　いじめと不登校――中学生時代

中学に入ってからも、いじめられたり、不登校になったりで、相変わらず学校にはなじめませんでした。それも私には、持病による欠席が多いからとしか思えませんでした。

この頃、後ろの席の子の話し声がとても嫌だと言って、席替えをしてもらったことがありました。その子は、優等生だと皆に思われているのに、隣の席の女の子と、親を騙してお金をもらった話や先生方の悪口を、こそこそと言うので、それが我慢できないと娘は言いました。彼女は、その子と親しく話をする間柄ではありませんでしたが、聞きたくもない話が耳に入ってくるのはとても嫌だ、なんとかしてほしいというのでした。

いじめを受けて学校を休み、その後登校するようになったという経緯もあったので、担任は、少しでもクラスに馴染みやすいようにと、娘の言い分を聞き入れ、席替えを実施してくれたのだと思います。

＊

いじめといえば、中三になったとき、靴箱の中に手紙が入っていたことがありました。娘は、すごく怒って帰って来ました。その手紙を見せてくれましたが、青いペンで書いてある手紙を、娘が黒いペンで添削してありました。

「見て、このひどい字、ひどい文。何言いたいのかさっぱりわからない。おまけに、誤字脱字だらけだから直しておいた」

と、興奮した口調で言いました。

なるほど、彼女の言う通りの手紙でした。内容もまたひどいものでした。

当時バスケ部で人気のあった男の子が、娘に、おはようと声をかけたのだそうです。娘も、おはようと返事をしました。彼とは小学校から一緒で、今は同じクラスですから、当たり前の、何ということのない行為だったのですが、それを見ていたこの手紙の主たち（何人かの女の子らしい）は、猛烈に頭に来たようです。

「ちょっとかわいいと思って、いい気になるな、死んでしまえ」

といったことが、綿々と書かれてありました。でも、彼女の様子を見る限りでは、書かれた内容よりも、こんな不出来な手紙を、なぜ私がもらわなくてはならないのかということに、腹を立てているようでした。

結局、彼女はその手紙をどうしたかというと、実名が書いてあるところを消し、誤字脱字をすっかり直しました。そして、添削済みの手紙を学校に持っていって、正面玄関横の掲示板に貼り出しました。その後、二度と靴箱に手紙が入ることはありませんでした。

＊

小学校高学年から高校卒業あたりまで、私たちにとっては嵐のような時期でした。学校でのいじめ問題、進学問題など、親と娘の考えをよく話し合ったり、娘の考えを学校に伝えたり、学校の考えを娘に伝えたりしなければならないことが、たくさんありました。

いじめについては、いじめられている娘の気持ちを学校側に伝えることはできても、学校側の考えや私たち親の考えを娘にわかってもらうのは、非常に難しいことでした。特に、学校側のとった対策を娘が納得することはほとんどなく、不登校になることがしばしばでした。私は学校側の考えもわかったので、とにかく学校へ行くことを勧めてみるのですが、彼女は受け入れませんでした。

だったら、彼女が一番落ち着ける場所で生活するのがいいだろうと、私たち親は、娘の不登校を認めました。私自身は、不登校そのものを、そんなに心配したことはありませんでした。学校に行かなくとも生きる道はあるし、勉強したいと思えば、義務教育終了後に、自分の能力に合った学校に入学することは可能だと思っていたからです。

でも長いこと、「いじめ」も「学校側の対応をなかなか受け入れない」のも、喘息で途切れ途切れにしか学校に通えなかったため、「学校」という環境に馴染めないでいるせいだと思って暮らしてきました。

しかし、障害がわかってから、改めて思い返してみると、障害ゆえに持っている彼女の、明らかに他者と違う特性の数々が、学校生活をますます困難なものにしていたことは、容易に察しがつきます。

＊

中一の冬休みのことです。休みも終わり近くになり、課題をすべて仕上げてから、娘は、三学期は学校へ行かないと言い出しました。

「この学期、学校に通ったら、二年から学校に行けなくなる」

と彼女は言うのです。

冬休みが開けたら課題を提出し、自分で担任に休むと言うように勧めると、娘は素直に従いました。そして、中学時代で一番長い不登校に入りました。

私は娘の考えを尊重し、学校へ行けとは言いませんでしたし、学校には、登校を断り続けました。

やがて春休みになり、私は成績表を受け取りに、学校に行きました。

このとき担任は、なぜか娘を高く評価してくれ、たとえどんな事があっても、やがては世の中へ出ていく人になると言ってくれました。能力のある者を、まわり放っておくはずがないと言うのです。いつも、そうした目で娘を見ていてくれる担任でした。

私は、その言葉を真に受けたわけではありませんが、このように見ていてくれる人がいるというのは、その後の私の支えとなりました。

二年になり、娘は言葉通り、体調の悪いとき以外は休まず、卒業まで登校しました。

5　彼女をイライラさせるバス通学――高校生時代

高校に入っても、「言われないことは一切やらない」とか「以前親しくしていた人とでも、一旦仲がこじれると、元に戻ることはない」といったことがよくありました。まるで彼女がひどく冷淡で、合理的な考えの持ち主であるかのような印象を、私は持っていました。

日々の学校生活も、かなりストレスのあるものでしたが、その中で特に彼女をいらいらさせたのが「バス通学」でした。

喘息の入院は、中学三年の一学期が最後でしたが、運動誘発性で満足に学校に通えない生活をしていたため、自転車通学は禁じていました。でも、バスの時間に合わせて通学しなければならないというのは、かなり負担だったようです。いつも、定時にバスが来るとは限らないからです。時間帯や天気によって、混みあうのもいやだったようです。

高二になると、

「バスは、もういやだ。喘息もよくなってきたから、自転車通学したい」

と頻繁に言うようになりました。それでも心配する私に、

「学校まで自転車で往復してみて、大丈夫だったらいいでしょ」

と、彼女はねばりました。

そして高二の夏休み、彼女は学校まで自転車で往復しました。通えるという自信になったようです。それからは冬の間を除いて、自転車で通うようになりました。彼女は、ずいぶん楽になったと言いました。

＊

中・高を通してそうでしたが、学校の決まりごとはきちんと守らなくてはならないと、彼女は思っていたのではないでしょうか。これくらいはいいんじゃないかと思うことであっても、本当にいいのかと、ひどく心配しました。とにかく、それほど神経質にならなくてもと思うぐらい、忠実に守ろうとしていました。禁止されていた携帯電話を持たせるときも、担任に特別に許可をもらいました。彼女にとっては、隠して持っているということは、許されることではなかったからです。

「運動誘発性の喘息発作が起こるため、通学途中でも具合が悪くなることがあります。発作が起こると歩くことも辛くなるので、すぐ連絡をとりあい、迎えに行けるように持たせます」

というのが、私が担任に伝えた理由でした。こうしたことは、親の一存ではできず、必ず彼女に話して納得してもらった上で、学校に伝えていました。

このことに限らず、小学校の頃から、彼女に無断で学校に何かを伝えたり、学校から言われたことを彼女に伝えなかったりということは、全くと言っていいほどありませんでした。親が学校に何を伝えたか、彼女はいつも知りたがりましたし、学校から何と言われたかも知りたがりました。あいまいにしておくと、彼女は必要以上に不安になるか、なぜ言えないのかと怒ったりしていました。

私も、学校生活を送るのは本人なのだから、本人にも事情を知らせるほうがいいという考えがありましたので、時間をかけて、彼女と話をしました。

ですが、こうした話し合いも、「友好的に」とはいかないのが常でした。中学・高校になるにしたがって、「話し合い」も困難なものになっていきました。途中で決裂してしまうことが多く、なかなか結論までたどりつくことができませんでした。大事な「話し合い」だけではなく、日常生活の中の些細なことまで、ぶつかり合うことが、しだいに多くなっていきました。

＊

そういえば、学校に朝行って夕方帰ってくるという、当たり前の生活を続けられるようになったのは、高校生になってからでした。私は、初めて学生らしい生活を送る娘を見たのです。

今思うと、障害を抱えていた彼女にとって、一日中ずっと学校にいる生活を続けるというのは、かなりな負担になっていたと想像できます。さすがに、小・中の頃のようないじめはありませんでしたが、相変わらず、クラスの中に親しい友人ができる風もありませんでした。

学校で、今までにないストレスを抱えながら生活していたことは、今なら容易に想像できます。それまで一度もやったことがなかった体育の授業も、単位を取るためにやらざるをえなくなったのですから、大変なことだったと思います。体育の先生には、医師の診断書も添えて、自分のペースでしかできませんとは伝えていましたが、単位取得上ある程度のことはしなくてはなりません。発作を抱えて体育の授業を受けることの、不安と負担も大きかったと思います。

それなので、家に帰ってからのぶつかり合いが激しくなるのも当然ですが、発達障害と診断されるまでは、私には、「反抗期」としか考えられませんでした。ただ、単に「反抗期」という一言で済まされるものだろうかという疑問はありましたが、他に思い当たる事は無かったのです。

＊

このように、なぜなのかわからないけれど、娘とはうまくいっていないと思って暮らしていましたので、発達障害と診断されたときは、目の前の霧が晴れていくような気分でした。そして、その障害を知っていくごとに、今まで私が思っていたのとは別の人格をもった娘が、私の前に現れてくるのでした。

第2章　診断がついて

娘が二三歳のとき、「アスペルガー症候群」だと診断されました。

それまでは、なぜこんなふうに育ったのか、育ててしまったのか……色々と思い悩む日々ではありました。診断がついて、彼女の今ある姿は、けっして育て方がどうのこうのという問題ではなく、彼女がもって生まれた障害のためだということがわかりました。

医師から、まちがいなく「アスペルガー症候群です」と告げられたとき、ぱーっと目の前の霧が晴れていく感じがしました。これはこの子の持って生まれたもので、何かのせいとか、誰かのせいでこうなったというものではないのでした。今さらどうにもならないとわかってはいても、何が悪かったのかと、後ばかり見て暮らしてきましたが、今日からは、前を見て生きていけばいいんだと思いました。どう理解し、どうサポートしていくかが重要なことであり、それがこれからの私のなすべきことだと、はっきりとわかりました。

障害がわかってから、彼女はアスペルガー症候群に関する本を読んだり、講演会や勉強会に積極的に参加し、自分の障害について学んでいきました。

私は、何からスタートすればいいのでしょうか。そう思って、彼女に尋ねてみました。

「私も、いろいろ専門書を読んで、勉強したほうがいいのかなあ」

すると、彼女は、

「お母さんは、不特定多数の障害者を相手に、仕事するわけではないから、いらないと思う。私をわかってくれればいい」

と、答えました。

どうやって、彼女を理解したらいいのか。アスペルガー症候群について何も知らなかった私は、とりあえず、インターネットで調べてみました。すると、アスペルガー症候群の特性といわれるものが、かなり多数、箇条書きにされて載っていました。そして、「これらの特性を、すべてのアスペルガー症候群の人がもっているわけではない。そう訴える人が多いというものを並べてみた。アスペルガー症候群は個人差の大きな障害で、それぞれが違う特性をもっている」というようなことが書かれていました。

やはり私は、「彼女のアスペルガー症候群」を理解しなければならないようでした。

この日から、障害者としての娘を、一から理解し直す作業が始まりました。彼女との生活の中で、考え方や感じ方の食い違いが見られるたび、私はそれを書きとめて、彼女に伝えました。一つの出来事を、私のとらえ方、彼女の対応を私がどう受け取ったか、また通常どう対応するのが望ましいかなどを書いて彼女に見せ、お互いの考え方、感じ方が少しでも近づけるように、少しでも理解し合えるように努めてきました。

こうして、日々暮らしていくうちに、今まで頑固、強情、わがまま、冷たい、ずぼら……などと思えていた彼女の様子が、まったく違う面を見せてきたのです。

私が、お互いの理解のために書いたもの、娘との暮らしの中で考えさせられたこと、支えになった出来事などを集めてみました。

1　話し合う

進学・就職などの進路を考える時期、あるいは日々の生活の中でも、じっくり時間をかけて、お互いの考えを出し合い、話し合いながら決めていかなければならない重要事項が、年を追うごとに増えてきます。

彼女と話し合うとき、よく私が感じていたことは、「友好的な会話」がなかなか望めないことでした。多くの場合、彼女は途中でイライラしだすか怒りだす……あるいは私の方が、彼女の鋭い追及にあって、もう話し合う気力がなくなってしまうということが、しばしば起こっていました。

この状況を、私は、彼女の「親に対する反抗」と受け取っていました。私がうまく彼女の言いたいことを理解してやれないことと、親の言うことに素直に耳を傾けられない年頃といった、いわゆる思春期特有の反抗だと思っていたのです。

障害がわかってから、私も彼女も、もしかしたらこうした状況は障害によるのかもしれないと思い、話し合いながらお互いに、そのつどの心情を確認してみました。

たとえば、
私「今、怒ったみたいだけどどうして?」

彼女「だって○○のつもりで言ったんでしょ!」

私「違う、違う……」

こんな調子で、もう一度話題を繰り返したり、図式したり、詳しく言いたしたりして、少しずつ理解し合えるように努力してみたのです。すると、彼女は頑固でも強情なのでもなく、障害ゆえに、いろいろな受け取り方の違いがあったり、なかなか理解できずに混乱しているのがわかってきました。

このような中から、私が気づいたことをいくつか挙げてみたいとおもいます。

■「わからない」と言われたとき……………………

会話の途中で、よく、

「え、今のわからない」

と彼女に言われます。

そこで私は、「今の言い方ではわかりにくかったんだな。じゃ、どう言えばわかるかな」と考えて、より具体的な別の言い方を探し、もう一度話します。すると彼女は、余計に混乱してくるのです。

「さっきと話が違うでしょう。余計にわからない」

私は、さらに考えます。どう言えばわかりやすいのかなと、具体例など、あれこれ考えます。そして、たとえを変えて、また彼女に話してみます。

彼女は、ますます混乱し、

「えー、もうわからないからいい」

と、会話を打ち切り、さっさと自分の部屋へ行ってしまうのです。一生懸命説明しようと努力していた私は、ポツンと一人とり残されるのが常でした。

この状況について、彼女に話を聞いてみました。

「より詳しく話そうと思っているのに、どうして最後まで聞こうとしないで、途中でやめて行っちゃうの？」

すると、彼女は答えてくれました。

「わからないと言うと、次に違う言い方で説明するでしょ。そうすると、前の話と今の話が、同じことなのかわからなくなる。さっきと違う話を聞かされたような気がする。それでわからないと言うと、また言い方が変わるでしょ。それでさらにわからなくなってしまう。わからないと言うたびに、どんどん言い方が変わっていく。そうしているうちに、何の話をされているのか、まったくわからなくなってしまう。わからないと言った時には、前と同じ言い方で、もう一度言ってほしい。それで、わからない時は、ここがわからないというふうに聞けると思う」

そうだったのかと、私はやっとわかりました。反抗していたのではなく、混乱していたのでした。

私たちはよく「わからない」と言われると、よりわかりやすい「例え」を探して話そうとしますが、彼女にしてみれば、「例えば……」と話された内容とはじめの話の内容のつながりが、なかなか理解できずにいたわけです。例えられると、「例えられた話」と「本来の話」の両方の内容を考えます。そして二つの話のつながり、または「本来の話」を理解するためになぜこの「例え話」が必要なのか……などなど、いろいろ考えてしまって、かえって混乱するということでした。

■「さっきの」「その時」「あの人」など使うとき

会話の中で、私たちはよく、「さっきの話ね」などと言います。彼女は、こうした言葉も苦手なのだそうです。「さっきの話」と言われたとたん、今まで話したうちの、どれくらい「さっき」の話なんだろうと思うそうです。だいたいわかってはくるものの、一つの会話の中に、「さっきの話」、「そのことはね……」、「あの人でしょ」などがたびたび出てくると、「そのこと」ってどのことだろう、「あの人」って今まで話したうちの誰のことだろう……などと考えてしまって、話の内容に集中できなくなると言います。

私と話すときも、話の合間に、「さっきのって○○のこと?」、「あの人って○○さんのこと?」などと確認されることが多く、私の方は会話が中断され、何を話すつもりだったかわからなくなってしまうことがあります。

このような状態になる原因は、もう一つありました。

■言葉へのこだわり

娘が大学に通っていたある日、

「明日、授業あるの?」

と、私は聞きました。朝食の支度をゆっくりしてもいいのか、それを確かめたかったのです。

「ない」

という返事だったので、翌日の朝は、のんびりと朝食を用意していました。そこへ娘が起きてきました。すぐに、

「朝ご飯、できてないの?」

と、あわてた様子で言いました。授業がないなら、大学は休みと思っていた私は、

「え、今日授業、ないんじゃないの」

とあわてて言うと、

「授業はないけど、ゼミがある」

と彼女は言うのです。私にしてみれば、大学で行われる講義もゼミも、授業の一言の中に含まれてしまいます。彼女にとっては、それぞれの授業形態が違うので、ゼミは「ゼミ」、講義は「講義」で、すべてが「授業」ではないのだそうです。こうした、彼女の「厳密な言葉の使い方」は、会話の中にもたびたびあらわれて、私のちょっとした言い間違い・使い間違いなどは、鋭く追及されました。

私にしてみれば、常に話のあげ足をとられてるようで、まともに話を聞く気がないんじゃないか、攻撃的だとさえ思える状況でしたが、彼女にとっては、正しく言葉が使われていないというのがとても気になる上、話を正確に理解するためにも、訂正し、会話の内容を明確にすることは重要なことのようです。

私は、たびたび訂正させられているうちに、何を話すつもりだったのかわからなくなってしまい、途中で打ち切ってしまうこともたびたびでした。

私は、「さっきの」・「その時」・「あの人」・「厳密な言葉の使い方」によって、スムーズに会話が進まないことを、何とか改善しようと試みました。

有効なのは、紙とペンでした。紙はなるべく大きいほうが書き込みやすいので、よくカレンダーの裏を利用しました。

まず、話そうとする内容を書きます。たとえば、「進学先について」というようにです。それから、だいたいの話の流れを書きます。

はじめに　お母さんの考えを言う
・学校で聞いてきたこと、自分の考え
次にあなたの考えを聞く
・学校の説明について、自分の考え
考えの合わないことを話し合う
合わないところ、合うところをまとめる
だいたいの結論を出す

このように流れを書いておくと、これから何について、どう話を進めていくのか、娘にも見通しをたてることができます。

そして、話し合うごとに、大切なことはメモしていきます。お互いが紙に書き込みながらやっていくと、かなり正確に情報交換ができるとわかりました。「さっきの話」と言っても、ペンでメモしてあるところを示しながら言うと、彼女には「さっきの話」がわかります。意見が食い違うことはあっても、お互いの話がうまく伝わらないで混乱することは、かなり避けられるようになりました。

日常的な会話すべてを、この方法でやるわけではありませんが、進路を決めるなど、重要で、お互いの考えをまとめなければならない内容の話や、彼女に何らかの状況を説明しなければならない時など、とても有効な方法だと思いました。

2　ものをさがす

「テーブルの上にあるから、○○持ってきて」

と、頼むと、

「ない」

と言って、彼女はもどってきます。そうかなあ、確かにあったはずなのに……と思いながらテーブルの所へ行ってみると、上にはありませんが、すぐそばの台の上にあります。

「あるでしょ、ほら」

と、彼女をつれてきて、品物を指差すと、

「テーブルの上ではないでしょ」

と言います。

「えーっ、上にはないけど、テーブルを見たら目に入るでしょ。気づかないの？」

当然でしょうとばかりに、私が言うと、

「上と言われたら、上を見ることに注意が集中するので、周りのことは気づかない」と彼女は言いました。

「テーブルの上にあると言われて上になかったら、言った人の勘違いかもしれないでしょう。近くにあるかもと考えて、周りも見てみるんだよ」

こんな事を、いまさら教えなければならないなんて。そう思って私が言うと、

「そういうことは思いつかない。言われた場所になければ、ないと思ってしまう」

と、言うのです。

ほんの一〇〜二〇度、首を回せば当然のように目に入るのに……それに気づかない彼女が、不思議でしょうがない私でした。でも、そういうことが思いつかないと言われれば、思いつかなくてもそうした行動をとるような言い方はないのかな……と考えます。

そこで後日、

「電子レンジのそばに、ポットがあるからとってきて」

と言ってみました。「そば」と言えば、その付近を見回すかもしれません。ところが、またしても彼女は、

「ない」

と言って、もどってきました。ないはずがありません。あるのを確かめた上で、私は頼んだのです。

「えーっ、ないはずはないよ。ちょっと来て」

と彼女を連れて、電子レンジの所に行ってみました。ポットは、レンジから四〇〜五〇センチ離れた所に、確かにありました。

「ほら、あるでしょ」

と私が言うと、彼女はこう言いました。

「これは、そばではない」

「はあ？」

私にはどういうことかわからず、尋ねると、彼女はこう説明したのです。

「『そば』というのは、ほとんど接する状態であるときに言う。このくらい離れた位置にあると、『そば』ではなく、『近く』という。『そば』と言われたので、レンジに接してあるものと思い込んでいたので、みつけられなかった」

「ほう……」

私は、考えもしなかった理論的な説明に、なんだか感心してしまいました。

私は、そこまで言葉の意味と状況をあわせて言ったわけではありません。台所には、常に定位置にあるものがいくつかあります。冷蔵庫・レンジ・食器棚・流し台……そのどれに一番近い位置にポットがあるかが問題なのであって、それらのものから、ポットがどれだけ離れているのかは、問題ではありませんでした。

今回は、レンジに一番近い位置にポットがあったので、「レンジの近く」にあることさえ言えばよく、レンジとポットの距離によって、「そば」と「近く」を使いわけるという事は、私の頭の中にはありませんでした。どちらでも、私にとっては同じことなのです。ポットは他のものより、レンジに近い位置にあることさえわかればよかったのですから。

その後もたびたび、彼女に「○○をもってきて」と頼むときは、できるだけ詳しい場所を伝えるように心がけています。「○○はテレビの右側。すこし離れてあるかもしれないから周りもみて」などなど。彼女のほうも、「ないと思っても、周りもよく見なければならない」と学んだようでした。

でも、よく考えてみると、彼女の言うように、「そば」と「近く」は違うのです。言葉があるということは、その言葉一つ一つに、その言葉のみが表現しうる意味があるのです。似たような状態を言っていても、けっして同じ状態ではない、その言葉でなければ表せないものがあるのです。彼女と暮らしていると、時々このようなことに思いあたり、はっとすることがあります。物事が、すべて奥深いものに思えてくるのです。

■あいさつ

まだ、娘がアスペルガーだとわかる前でした。

「なぜ近所の人にも、いちいち、あいさつしなくちゃならないの」

と、聞かれたことがありました。あいさつする以外は、日ごろ話をすることもない相手にもする必要があるのか、ということでした。たとえば、「おはよう」すら、毎朝するわけではない相手にも、たまたま通学時間に、相手が外に出ていたからする……といった程度のことです。彼女の中では、「あいさつ」とは、なぜしなければならないのかはわからないけれど、しないのはあまり良いことではないらしい……という考えだったようです。

アスペルガーだとわかってからも、ちっともうれしくないものをもらっても、「ありがとう」と言わなければならなかったり、日頃話をしたこともない人でも、たまたま近所だからということだけで、あいさつをしなくてはならないなどということは、彼女にとっては納得しがたいものだったようです。

「ありがとう」に関しては、私は、こう説明したような気がします。

「もらったものが、たとえ気に入らない物であっても、相手は、あなたのことを考えて、あなたにあげようという気持ちをもってくれた。品物そのものに対する感謝よりも、自分のことを思っていてくれることへの感謝だと思うよ」

私の母は、彼女が小さいころから、たった一人の孫のために、いろんなものを宅配に入れて送ってくれました。私は母にお礼の電話をかけながら、彼女も電話口に出し、「ありがとう」と無理に言わせていました。彼女にとって、母が送ってくるものは、必ずしもうれしいものばかりではありませんでしたが、それでもお礼を言わなければならないというのは、納得いかなかったのかもしれません。

それでも母は、彼女がよろこんでいると信じて、毎月のように送ってくるのでした。物よりも、孫を気づかう母の気持ちに感謝するようになってほしいと、私はずっと思っていました。

「あいさつ」についてはこう言ったような気がします。

「日々あいさつをかわすのは、人間が一人では生きていけない生き物だからではないかな。いつもお互いのつながりを、確かめておく必要があるのだと思うよ。日ごろいろいろと話をする相手とは、それだけつながりもあるけれど、話をしない相手とは、あいさつくらいしないと、まったくつながりがなくなってしまうでしょ。でも、何か大きな災害などがあったら、いやでも皆が助け合わなくてはならないよね。日頃は一軒の家で成り立っている暮らしでも、ご近所、町内で助け合わないと成り立たない事も起こるから。そういう事にならなくても、やはり日ごろから、近所として、お互いに気を配って暮らしているから、平和な日々が送れていると思うよ。あいさつは、この地域で共に暮らす人たちの礼儀といえばいいのかな、私たちは、ここでいっしょに生活していますよ……ということの確認作業みたいなものかもしれないね」

なんだか、わかったようなことを、一生懸命話したような気がします。人は集団の中でしか生きていけないので、集団の和を保つための行為は、理屈ぬきに必要なのだと私は思っています。

とは言うものの、日々の「あいさつ」は、私にとって条件反射的な行動で、このようなことは、彼女に聞かれでもしない限り、考えることはなかったと思います。

あらためて考えてみると、日々何気なく行っている事も、なにかしらの意味のある行動に思えてきます。

■その後どうですか

娘は、二人の精神科医のお世話になっています。一人は、不眠や不安などの診察をするN先生。もう一人は、発達障害を専門にしているT先生で、主にカウンセリングを受けます。

N先生には、三年余りお世話になっています。そのN先生の診察を終え、帰宅してすぐのことでした。

「N先生は、初めに、その後どうですかって聞くけれど、そう聞かれたら、何を答えればいいの?」

と彼女は聞きました。

「N先生とは医者と患者の関係だから、体調の変化について答えればいいんだけど……どうして?」

今頃になって、何を言いたいのかなと思いながら、私が聞くと、

「ずっと困ってた。その後どうですかって言われたら、その後の何を答えればいいん

だろうって。なかなか答えることがみつからず、そう聞かれるたびに、いつも困ってた。そうか、体調のことを言えばいいのか」

彼女は、ちょっとほっとしたように言いました。

私は、驚きました。N先生にお世話になって、かれこれ三年余りもの間、彼女がそのことで、ずっと困っていたとは気づきませんでした。いつも、N先生に聞かれてもすぐに答えないのは、体調が悪いか、待ち時間が長くて不機嫌になっていたかのどちらかだと思っていました。そう彼女に言うと、彼女は、

「そういう時もあったけど、ほとんどの場合は、困っていた」

と答えました。

「でも、T先生だって、同じように聞くでしょ」

二人の先生の、どこが違ったのだろうと思い、私が聞くと、

「T先生は、その後生活面で変わったことはありますかっていうふうに聞いてくれるので、答えを見つけやすい」

と彼女は説明してくれました。

「そうかぁ。じゃ、N先生のところでは、ずっと困ってたんだ。きっと、N先生は気づいていないだろうから、知らせておこうか」

と私が言うと、

「そうしてほしい。だって、いつも、とても困るんだもの」

と彼女は言いました。

早々、N先生に連絡しました。次の診察日、N先生は、「その後体調の変化は?」とか「生活面でかわったことは?」というように、彼女が答えやすいような聞き方に変えてくれました。

「その後どうですか」という問いかけにどう答えるかは、相手と自分が、日頃どのような関係にあるかによると思います。

医師と患者の関係であれば、体調の変化だったり、新しく処方された薬の効果だったりします。商売上の付き合いであれば、当然、お互いの経営状況だったりしますし、子どもの悩みなど話し合う友人であれば、お互いの子どもの様子だったりします。

T先生の診察日に、この話をしました。

「T先生は、発達障害を専門にされているせいか、答えやすい聞き方をしてくださると娘は言ってます」

と言ったところ、T先生は少し笑いながら、

「その後どうですかという質問は、なかなか答えにくいものらしいです。その後どうですかって何がどうなんですかって、逆に聞かれたり、最近不安な事はありませんかと聞くと、政治情勢について語り出されたり、今心配なことはありませんかと聞くと、本当に今心配なこと、たとえば出かけるとき電気を消してきたかどうか心配だ……などと答えられたりしました。何度かそういう経験を通して、私も、聞き方を工夫する

ようになりました」

と、懐かしむように言いました。

発達障害を専門とし、優れた実績をお持ちのT先生でも、いろいろと試行錯誤を繰り返しながらの今日なんだなあと思い、親近感が増した瞬間でした。

3　手伝い

外で必要以上のストレスを感じながら生活している娘は、自分の部屋に入るとほっとするようです。私にとって何でもないことでも、強いストレスとなりうることが彼女にはあるとわかってから、家では、なるべく自分だけの時間がとれるようにと、あれこれ手伝いは頼まないようにしてきました。一時、ひどく体調をくずし、大学を休学したこともありました。まだまだ回復期と考えて、少しずつ「手伝い」ということを考えていこうと思っていました。

手伝いは、主に家事全般の中での作業となります。普段、生活をしていく上で、炊事・洗濯・掃除ができるということは、彼女にとって必要なことです。そして、だんだん高齢になっていく私ども夫婦にとっても重要なことです。親も不死身ではないので、体調をくずしたときなどは、どうしても彼女の手が必要となるからです。

家事は、単にその作業ができればよいというものではなく、「手際の良さ」がとても大事だと私は思っています。一つの作業をするのに、やたらと時間がかかれば、面倒になってやらなくなってしまいます。食事や家を清潔に保つことは、自分の健康にとって大切であるばかりか、地域で暮らす上でも必要なことです。家のまわりがゴミや草だらけは、近所の人にとっても心地よいものではありません。

「手際良く」家事をこなすようになると、こなせる家事の種類も多くなりますが、それについやす時間も、それほど必要でなくなります。たいした苦労もせず、家の内も外もある程度心地よい状態を保つためには、「手際の良さ」は必要だと思います。

家事について娘は、「やればできる」とよく言いますが、その通りではあります。たいがいのことは、やればできます。でも、やりなれないと、「手際の良さ」は身につきません。私は、一つの家事をやり続けることによって、それに慣れていき、それからまた一つというように、少しずつ、手際良くできる仕事を増やしていければと思っています。

＊

「家事を手伝う」と言っても、大きく二つに分かれるように思います。

一つは、頼まれたら、あとは自分のペースでできる手伝いです。食器洗い・風呂掃除・買い物などは、ある程度やる時間は決められるものの、よほど時間がずれない限りは、彼女が、さあやるぞと思った時にできます。こうした手伝いは、私も頼みやすいですし、彼女も引き受けやすいのではないでしょうか。手伝う内容に、彼女が不満でなければ……の話ですが。

もう一つは、いっしょに作業をする中での手伝いです。こちらは、なかなかやっかいです。たとえば、夕食の支度の時など、料理を作りながら、私は言います。

「小皿とおはし、出しておいて。それから冷蔵庫の漬物も……」

このような言い方ですと、

「えー、何々、そんなに一度に言ったらわからない。何からすればいいの？」

と、彼女が混乱することになります。そこで、

「まず、小皿出して」

と頼みます。出したのを見ながら、

「おはしも出して」

と頼むのです。こうなると、彼女に頼んで、やり終えたのを一つずつ確認しながらやってもらうよりは、自分でやったほうがすぐ終わるのです。

ですから、いつも食事の支度をするときは、彼女に手伝ってもらったほうが楽なんだよなあと思いながらも、指示を出すことの面倒さを考えて、「自分でやっちゃえ」となるのです。こんなふうなので、めったに彼女といっしょに食事の支度をすることはありません。

こういうとき、いつも思い出すことがあります。「親が待つことができなければ、子どもは成長しない」という言葉です。なんでもやりたがる幼児期の、しつけ方のポ

イントだったと思います。うまくできなくても、遅くても、その子がやろうとしているのであれば、すぐに手をかさないで、親はじっと見守ってあげる。じれったくても、子どもがやり終えるのを待って、ほめてあげる。そうした経験を通して、子どもは成長するといったようなことでした。

彼女に頼むよりは自分でやったほうが早いと、頼むのをやめる私は、そうするたびに、「待つ」を思い出すのです。今は、自分のペースでできる手伝いを頼んでいますが、いずれは、「待つ」ことが必要な手伝いも増やしていこうと思っています。

それから、彼女に、「一度にいろいろ言われると、何からやればいいかわからなくなる」と言われて気づいたことがあります。私がいろいろ言う時には、やってほしい順に言っているような気がします。他の人も、そうなのではないでしょうか。多くの場合、やってほしいと思っているものから、口に出てくるように思います。ですから、いろいろ言われてあわてるのではなく、言われた順番を記憶するようにし、その順にこなしていけば、ほとんどの場合、それでいいように思います。忘れたときは、「あと、何をするんだっけ?」と、聞けばいいのです。あれこれ指示を言っているときに、それより先にやらなければならないことを思いついた時は、「あ、それよりも、まずこれからやって……」と、先にやってほしい方を伝えているように思います。

こうしたことは、お互いに、「慣れ」ということもあります。仕事に慣れることもそうですが、相手にも慣れるということです。ことに、相手に慣れるというのは、重要かもしれません。せっかちにいろいろ言うタイプとか、「すぐやらない」・「何度も聞く」などをいやがるタイプ、中には、何度聞いても親切に教えてくれ、言われたことをやると「ありがとうね」と言ってくれる人もいます。この「タイプ」によって、手伝いも、しやすかったり、しにくかったりします。人に接する事が苦手な彼女にとって、相手の「タイプ」を見分けるのは、かなり難しいに違いありません。ですから、共に作業しながらの手伝いは、彼女の苦手なものの一つだと私は思っています。

4 思いやる

障害がわかる前は、相手を思いやる気持ちはあるのだろうか……と、娘を見て、たびたび思っていました。

たとえば、高校の頃でした。朝、お弁当の用意と朝食の支度で忙しい私を見ていても、彼女はテーブルの前に座ったままで、「手伝おうか」と言ったことはありませんでした。「ああ忙しい」と言ってみても、彼女は知らんふりなのです。「お弁当を作るのは大変だ」と言うと、「じゃあ、やめればいい」と言うだけでした。大変なお弁当作りから逃れるためには、これ以上の決断はないのですが、その言葉には、感情的なものが、かけらも感じられないのでした。

「やめれば」と言われた私にしてみれば、毎朝の献立を考えて変化をつけ、精一杯作り続けてきたことが、「いやならやめれば」程度のありがたみしかなかったことなのかと、ひどくむなしくなりました。「お弁当がある」ということが、彼女にとって、それだけのものでしかないのかと思い、

「お弁当ないと、困らないの」

と聞くと、

「何か買うからいい」

と、簡単に言うのです。なんだか、やってもやらなくてもいい事のために、毎日、毎日、それなりの努力をしてきたかと思うと、ひどく落ち込みました。そのうち、さすがにムカッときて、「だったらやめてやる」と思うのです。でも、売店で売っているパンや、カロリーばかりがありそうな食堂のメニューを思うと、毎日、そんな昼食を食べることになる彼女が、なんだかかわいそうになってくるのでした。体にだって良くはありません。いろいろな思いが胸の中に渦巻きますが、彼女が感謝しようとしまいと、これは母親の仕事だと、最後には割り切るのです。自分の仕事をこなすだけなのだと言い聞かせて、私は毎朝食事をつくり、彼女はテーブルの上にすべて並ぶのを静かに待つのでした。

思いやりがないと感じるのは、こんな朝の風景ばかりではありません。「頭が痛い」と言えば、「薬を飲めば」と言うだけです。「何だか調子が悪い」と言えば、「寝てれば」と言われます。「大丈夫?」とか、「何か手伝おうか?」などと、言われたことが

ありません。

　彼女には、人を思いやる気持ちがあるのだろうかと思い続けていたある日、二人でニュースをみていました。何のニュースだったか忘れましたが、彼女は、

「かわいそうだね」

と、つぶやいたのです。私は、びっくりしました。常に冷静で、合理的な判断しかしないと思っていた彼女が、「かわいそうだ」と言ったのです。同時に、私はほっとしました。やっぱり、人を思いやる気持ちはあるんだ……と。そう思ったら、じゃあ、なぜ私には冷たいんだろうという疑問がわいてきました。思いあたることは、ありました。私自身、彼女と同年代のころ、親とはまったくうまくいっていませんでした。今はそんなことはありませんが、あの頃は、どうしてこうもわかりあえないものかと、親を恨みもしました。私は、気づかないうちに、彼女に恨まれるようなことをしてきたのかもしれません。彼女は今、私を恨んでいるのかもしれない……そう思い、彼女の態度を納得しました。いずれ、あと十年もすれば、お互いわかりあえる時が来ると、信じてもいました。

＊

　彼女の障害がわかって、彼女とよく話し合うようになってからは、こうした彼女に対する私の見方は、一変しました。

　たとえば、ある朝のことでした。朝食を食べながら、パソコンを使ってやる作業を、

彼女に頼みました。食べ終えて、後片付けをしだした途端、急に血の気が引くような気分の悪さがおそってきて、立っていられなくなりました。その場に横になり、じっとしていると楽になっていくようでした。彼女は、横になった私の頭あたりに立ち、じっと私を見下ろしていました。そのまま、しばらく何も言わず、ただ立っていたのです。それから、

「じゃ、二階に行くね」

と言って、そのまま行ってしまいました。あいかわらず、「だいじょうぶ」の一言もありません。でも、このとき私は、彼女の胸の内が、なんとなくわかりました。彼女は、私を見下ろしながら、「だいじょうぶだろうか」と、様子をみていたに違いありません。そして、「悪くなっていくようではないし、ただ横になっているだけでいいなら、自分がここにいても何もしてあげられることはない。だったら、さっき頼まれた作業を早くやってあげたほうが、お母さんは喜ぶだろう」こんなことを思っていたにちがいないと思いました。じっと見下ろしながら、あれこれ彼女なりに心配する様子が感じられて、私は、思わずくすりと笑ってしまいました。あとで彼女に確かめてみると、

「うん。だいたいそういうことを考えていた」

と言いました。

彼女は、思いやる気持ちがないのではありません。むしろあるほうなのですが、そ

れをうまく表現できないようです。というより、私のように、とりあえず「だいじょうぶ?」と声をかけるところから始まるような、一般的な表現とは少し違うようです。

そのために、冷たい人とか、どんなときでも冷静で合理的な判断しかしないといったように、血が通っていない人間のような言われ方もしますが、決してそうではないのです。

もし私が、気分が悪いといって倒れでもしたら、自分に何ができるだろうかと、必死で考えるのではないでしょうか。できそうなことがないと、とてもあわてると思います。やれることがわかるまで、動きはとれないでしょう。何ができるか、精一杯考えているけれど、それが表面にあらわれることは、なかなかありません。あわてながらも状況をよく見て、自分は何かをする必要があるのか、冷静に判断する自分もあるのだと思います。それらが、彼女の中で入り乱れているのでしょうが、はたからみると、横になっている私のそばで、ボーっとつったっているようにしか見えないのでしょう。彼女の、思いやりの表現のぎこちなさを、私はそのように想像してみたりします。

今でも、「だいじょうぶ?」「手伝おうか」「ありがとう」などはあまり言うことはなく、食事前でも、私が「手伝って」と言わない限りは、すべてがそろうまで、だまってテーブルの前に座っています。

そんな彼女を見て、私はいつも、「おやじ」を思いうかべてしまいます。「地震、雷、火事、おやじ」と、世の中のこわいものの第四番目にあげられていた、あの古き良き時代の「おやじ」です。外では家族や会社のためを思い、一生懸命仕事をします。家のことは奥さんまかせで、炊事洗濯をするなどもってのほか。自分では、靴下一つ探せません。そのくせ、家長としてのプライドがあり、家では一番偉いのです。表面はそうであっても、内心では、奥さんがいないと何もできない自分を自覚しています。それなのに、なかなか奥さんには、やさしい言葉はかけられないのです。「おやじ」は、頑固で怖い存在でなければならないのでした。

三十代の娘には、はなはだ申しわけありませんが、アメリカのホームドラマの「パパ」のように、豊かな愛情表現ができない、不器用な日本の「おやじ」の姿が、時々、彼女とだぶるのです。

5　ぼやき

ある日の晩ごはんのあと、

「今日は、なんかすごく疲れた。お茶わん洗うの、明日にしようかなあ」

と、何気なく言いました。すると娘は、

「お母さん、癌かもしれないから、明日病院に行って検診受けておいで」

と、きっぱりとした口調で言うのです。

「はあ？」

私は、何のことやら……と思いました。それで、

「普通、こういう時は後始末はしておいてあげるから、早目に寝たら……みたいなパターンになるんじゃないの？」

と言いました。すると彼女は、ポンと手を打って、

「そうか、なるほど。普通はそうなるんだ」

と、さも感心したように言うのです。

「いきなり癌検診はないと思うよ」

とさらに私が言うと、

「だって、お母さんの友達は、疲れた疲れたと言っていて病院に行ったら、癌が見つかって手遅れで亡くなったでしょ。お母さんだって、最近疲れた疲れたって言ってるじゃない。やっぱり、癌検診だよ。じゃあね」

言うだけ言うと、彼女は、さっさと自分の部屋へ引き上げてしまいました。私は、流し台にたまったお弁当箱や食器類と共にとり残されたのでした。私の「疲れた……」は、どうなるの？

通常何気なく言う、「なんか疲れて後始末いやになるよね……」程度のぼやきは、とりあえず今のこの状況を、ちょっと手伝ってもらうか明日にするかして乗り切りたい程度のものです。究極の情況を想定して、心配してもらうほどの一大事ではないの

です。

なんとまあ極端な発想をするもんだ、どっから友人の死と結びつけたのかと思いながらも、心配してくれていることに変わりはないんだからとも思いました。でも、彼女の対応だと、「心配」の程度や「いたわり」の気持ちというのが、こちらに伝わってこないのです。

やれやれ、ボチボチと片付けるかと思いながら、流し台に立ちました。そして、食器を洗いながら、以前彼女が言っていた言葉を思い出しました。

「私は、人を理解するとき、第一印象はまったくもてない。その人の声や言い方の感じ、表情から、どういう人かイメージすることができない。だから、その人をよく観察して、こういうことをすれば喜ぶ、こういうことをすると怒るなど、その人の行動と、それにともなって表れる感情などを、少しずつ記憶していくの。そして、それらのデータから、たぶんこの人なら、こういう時にはこうするだろうと、予測できるようになっていくの」

相手がどんな人か理解するときの、彼女の努力を話してくれたときのことでした。こうした彼女なりの「理解の仕方」というのは、この場合もあてはまっていると思えてきました。過去に起こった、私の友達の病名がわかるまでの様子や、わかってから亡くなるまでの様子が、彼女の中に記憶されていたのでしょう。最近、「疲れた、疲れた」と言って横になっている私を見て、私の友達のケースによく似ていると思ったのだと思います。そういう状況で、先のことを予測して彼女なりに心配したとすれば、当然「癌検診」にたどりつきます。彼女らしい、もっともな心配の仕方だと思いました。

でも、こうした場合、彼女は理論整然と、かつ、きっぱりと自信をもって「癌検診に行くべきだ」と言うので、ただボーっと、どうやったら手抜きができるか考えていた私は、彼女の反応の方が、とても正しく、一般的なような気がしてしまうのです。「普通は、早く寝たらとか言うんだよ」という対応のほうが、何か自分に都合のいいように言っていると思えてくるのです。

そんなとき私は、娘の障害のことをよく知っている友達に聞いてみます。

「なんか疲れたね、後始末どうしようって言ったら、何て言う?」

友達は、

「後はやってあげるから、早く寝れば……かな」

と答えてくれました。私は、ほっとして、

「そうだよね。普通は、そう言うよね」

と、やっと自信を取り戻し、娘に対して「通常の対応の仕方」の一例を示せたんだなと、安心するのです。あえてつけ加えるならば、後片付けをする気がないときは、「後片付けはあとにして、早く寝れば」ですし、後片付けをする気があれば「後はやってあげるから、早く寝たほうがいいよ」でしょうか。私としては、当然、後者のほうがありがたいわけです。

彼女と二人でいると、よくこういう場面にぶつかります。相手が、あまりにもきっぱりと、自信をもって言うので、自分のほうが、何か間違った対応をしているような気になってくるのです。そして、私はそのたびに、友達に確かめては、ほっとしています。

6　気配り

娘が、会社に勤めて二、三ヵ月たった頃だったと思います。帰宅するなり、

「今日は、気配りができた」

と、嬉しそうに話し出しました。

「Aさんの仕事を見てたら、次に何必要か分かったので取ってあげた。そしたら、『あ、取ってくれたの。ありがとう』って言われた」

聞いてる私も、嬉しくなりました。職場環境と仕事内容に、だいぶ慣れてきたんだなあと思いました。そして、彼女がゆとりをもって働ける環境にいる事をありがたく思いました。気持ちにゆとりがなければ、気配りというものはなかなかできません。自分のやることで精一杯な状態で、追い立てられるように仕事を続けているようでは、なかなか「気配り」はできないと思います。障害のある彼女にとって、「気配り」と

いうのはかなり困難なことです。自分でも、ほとんどできないと思っていたのではないでしょうか。

私も、まず自分に任された仕事をこなすことができれば十分だと思っていました。でも、「気配り」ができないだろうとは思っていませんでした。「ゆきとどいた気配り」は無理としても、多少の気配りは、仕事に慣れるにしたがってできるようになると思っていました。それは、前述したような、彼女なりの人物像のつかみ方を聞いていたからです。「日常生活の中から、初めて会った人に関するデータを集める。そうして、それらのデータをもとに、その人の人物像を作り上げる。そして、そこからその人がとりそうな行動を予測する」という話です。

彼女のような障害のない人は、初めに「勘」のようなもので相手の人となりを想定します。その後、相手の行いを見ながら、「勘」を修正していったり、新たに追加していったりして理解していくことに、私は気がつきました。まず、「○○そうな人だな」と思ってしまうのです。でも、その「勘」は、常に当たっているわけではありません。ときとして、はずれることもあります。「○○そうな人だと思ったのに……」と、あとでいろいろと混乱したり、失望したりすることもあります。なんだか、彼女のやり方の方が、相手をかなり正確に把握できそうな気がしたものです。

自分のまわりにいる人間一人一人に対し、そんなことを繰り返さなければ、相手の人物像が掴めないというのはかなりやっかいで、非常に疲れることだと思います。しかし、このめんどうな作業も、彼女の「気配り」を考えると、かなり有効な方法に思えます。

たとえば、先ほどのAさんに対する気配りにしてもそうです。まず、Aさんの仕事の内容を知ること。その仕事の流れの中に、Aさん自身でないとできない仕事と、誰かが手伝ってもよい仕事があると思います。手伝いがあってもよい仕事に注目していけば、いつ、どのタイミングで、どんな手伝いがあったほうがAさんの仕事はしやすくなるのか、いずれわかってくると思います。必要な物を取ってあげたり、運ぶのを手伝ってあげたり、何かしらできることがあると気がつくのではないでしょうか。そのとき、「お手伝いしましょうか」「何か手伝うことありますか」と一言そえると、スムーズに「気配り」が進むように思います。

こうしたことを考えながら、私は思いました。彼女は今、かなり人間関係がうまくいっている職場で働いているんだなと。

そういえば、彼女が働き出してから、「頑張ってるね」とか、「きれいにやってくれて、ありがとう」と言われたという話を、よく聞くようになりました。職場の方々は、彼女の仕事の小さなことにでも、気がつけば何かしら声をかけてくれるようです。それが、彼女にとって、とても「励み」になっているようでした。こうした上司や仲間の方々の声がけも、自然に、彼女を「気配り」のできる状態に導いてくれたのだと思います。「気配り」は、相手に感謝されようと思ってやるものではなく、自然に出る行為です。だからこそ、相手の「ありがとう」の一言がとてもうれしく感じられます。

7　しらが

「この頃、白髪が出てきた。うちは白髪の出ない家系なのにおかしいなあ」

と私が言うと、

「どうしたんだろうね」

と娘が言いました。

「きっと、気苦労が続いたせいだよ」

と私は答えました。

「え、何の気苦労があるの」

　娘は、そんなことあるのというふうに言いました。聞き返されると思っていなかった私は、一瞬、返事に詰まりました。

　実はこの頃、彼女は職場の変化についていけず体調を崩していたのです。大幅な人事異動と増員があり、新年度の職場は、前年度と比べて大きく変化したのでした。障害のない他の方々も、新しい環境に慣れるのにずいぶん苦労されているようでした。彼女は休んでしまうとよけいに変化に慣れず、いつまでも不調のままになるので、飲み薬や点滴で体調を整えながら、無理をせず可能な限り勤務するという変則的な日々を送っていました。

その点滴帰りの、車の中でのことでした。娘のことが、今一番の気がかりだとは言えません。私はとっさに、先月亡くなった老犬のことを思い出しました。

「犬の介護も、なかなか大変だったからね」

と、言いつくろいました。すると娘は、

「ああ、そうか。私も気苦労あるよ。でも、白髪は出ない」

と、納得したように言いました。私は、

「そりゃ、あなたは若いからね」

と言うと、娘は笑いました。

でもこんなとき、ふとさみしさともむなしさともつかない感情が胸の中をかけぬけます。娘は、自分が親に心配かけていると考えないのかなと、ふと思ってしまうのです。今日はどうだろうかと、毎日娘の体調を気づかい、病院につきそい、会社の上司の方々に娘の状態を説明に行き、理解していただく……何日か、そんな事に追われる日々が続いていました。友人に言えば、大変だねぇといたく同情されそうな状況なのですが、当の本人にすっとかわされると、さほど大変な日々のように思えてこないから不思議です。これが、私たちの普段の日々……といった感じで、こうして点滴に通うことも、平凡な毎日の出来事の一つのように思えてくるのです。

気づかないのか、気づかないふりをしているのかよくわかりませんが、物事が深刻になりそうな一歩手前で、娘にすっとかわされることがよくあります。あまりにあっけない反応で、こちらのほうが拍子抜けするのですが、私もそんなものかも……と、思いつめずにすみます。

もしもこのとき、点滴帰りの娘から、「私のせいなの、お母さん」などと言われたら、二人それぞれに落ち込んでいたかもしれません。そして自分たちの毎日が、辛く苦労の多い日々に思えてしまったかもしれないのです。

お互いに、物の見方も感じ方も違うので、娘といると、他の人にはない気苦労もありますが、それと同じくらい、救われることも確かにあるのです。

8　心配をかける

娘の就職先は、家からそう遠くない場所でしたので、秋まで自転車で通勤していました。冬になって、彼女は、車で通勤するようになりました。

ある時、思いのほか車が混んでいて、遅れたつもりはなかったそうですが、五分ほど遅刻してしまったことがありました。職場では、彼女の障害を知っている上司がひどく心配して、彼女の出社を待っていたといいます。

「遅れそうなときは電話してね、心配だから」

と、彼女は言われたそうです。

「なんか、ひどく心配かけたみたいで悪かった。とにかく急いで会社に行かなきゃと思うばかりで、電話連絡のことは思いつかなかった」

と、彼女はその時の様子を言いました。本人は、できるだけ急いで会社に行くことが最も重要だと思っていたようです。今まで無遅刻・無欠勤だったので、上司は「何かあったのでは……」と心配したに違いありません。彼女は、

「職場のみんなが、あんなに心配してると思わなかった」

とも言いました。これからは、「電話連絡」も重要なことであるとわかったようでした。

それからしばらくたって、本格的な冬となった頃、朝家を出た娘から電話がかかってきました。

「渋滞していて車がちっとも進まない。遅れそうだから会社に電話して。車の運転と電話、両方は無理」

かなりあせっている様子でした。私はすぐ会社に電話をし、上司に事の次第を伝えました。最初は何かあったのかと緊張した様子で話していた上司も、「両方は無理」という娘の言葉を伝えると、ほっとしたようで、

「ああ、わかりました」

と、答えてくれました。電話の向こうに笑顔が見えそうな、そんな声でした。娘には、会社には伝えたから、あわてないで行きなさいと電話しました。その直後、私は

大変な事に気づきました。洗濯のために持ち帰った制服のシャツブラウスを渡すのを、すっかり忘れていたのです。

　遅刻しそうであわてている上に、職場について着替えようとしたらシャツがない。そうなったら、どんなに彼女があわてるかと、さらに心配になってきました。たしか、予備のを持っているはず。でも、それは確かではありません。「シャツ、忘れていったから届けようか」とか「無事着いたの」とかメールを送ってみるのですが、彼女からは、一切返信がありません。やむをえず主人を起こし、シャツをもって会社の駐車場まで行ってもらうことにしました。

　このときまで私は、会社に着いたら彼女から連絡がくるものとばかり思っていました。連絡がないのは、まだ渋滞の中にいるからだと……。

　そろそろ、いつもの出社時間より二〇分はたったかと思われる頃、駐車場にいる主人から電話が来ました。

「いくらなんでも遅すぎないか。職場に電話して、出社しているかどうか聞いてみたほうがいい」

と、言うのです。おそるおそる電話してみると、彼女は職場にいました。なんとかぎりぎり間に合ったそうで、シャツも予備のがあったと言います。

「着いたら着いたで、どうして電話くれないの。お父さん、駐車場でシャツもって待ってるよ」

と私が言うと、彼女は、

「あ、忘れてた」

と、あわてたように一言。それでも、主人のところへシャツを受け取りに行きました。

私と主人は、一気に体の力が抜け、

「ま、しょうがないか」

と、まずお互いに一言。そして、

「心配してるって思わなかったのかなあ……」

と、顔を見合わせました。

夕方、帰宅した娘の顔を見るなり、私は言いました。

「あんな電話がきた後、何の連絡もなかったら、心配すると思わなかったの。前にも遅れたとき、職場の人が心配したでしょう。赤の他人だってそれだけ心配するんだもの、親ならもっと心配するでしょ。なんで着いたと一言、連絡くれなかったの。お父さんも私も、どれだけ心配したか」

するると、娘はこう言ったのです。

「仕事に遅れないってことが、一番大事なんじゃないの。駐車場に着いたとき、急げば間に合いそうだったんだもの。お母さんに連絡してたら、その分遅くなるでしょ」

私は、ムカッとしました。

「職場にお母さんが電話入れたのは、なんのためだったの。たとえ五分や十分遅れたって、遅れるって伝えてあるんだから職場の人は心配しないよ。遅れて来ると思ってるんだから。お母さんたちには、渋滞でどうしようという電話の後、何度かメール送っても、何の返信もなかったんだよ。何かあったのか、とても心配になるでしょ」

こう言っても、「仕事に遅れないのが一番」という彼女の考えは、なかなか変わらないのでした。彼女の頭の中にあるのは、あくまでも、社員としてなすべきことのみだったようです。会社に、遅れそうなことを伝えること、そしてできれば定時に会社に着くことが、一番大切だったのです。私は、緊急時の通信手段の一部でしかなかったのでした。

でも、彼女が会社に伝えたかった状況は、私の中を素通りするわけではありません。私にもその困難な状況が伝わります。会社の人たちは、直接彼女を見てその後の様子を知ることができますが、私は彼女からの連絡がない限り、「その後」を知ることはできません。私には、「親心」もあれば彼女よりもかなり長い人生経験もあります。それらが、彼女のその後のいろいろな場面を想像させます。

たとえば、彼女の通勤途中にある横断歩道で、数年前知人が交通事故にあった時のことです。事故を起こしたのは、会社に遅れまいとスピードを出して運転中の青年でした。横断中に事故にあった知人は、数十メートルひきずられ、一命はとりとめたものの、今なお後遺症に悩まされています。

こんな例も話し、私も主人もひどく心配したことを彼女に伝えました。

「電話っていったって、ほんの数十秒ですむんだよ。それで家の者は、安心するんだから」

と言うと、やっと彼女は、

「わかった。今度から、そうする」

と、言ってくれました。ですが、単に会社に連絡するように頼んだだけのことが、親に大きな心配をかける材料になったことを、納得したかどうかはわかりません。

人にはよく、先のことを想像するということがあります。たとえば、宝くじを買っただけで、当たったらこうしたいと、いろいろ夢見たりします。当たらなければ話になりませんが、当たるまで、いろいろ空想して楽しんだりします。そのワクワクする感じがよくて、宝くじを買うという人もいます。逆に悪い方になると、健康診断でひっかかっただけで癌かもしれないなどと考え、先々の生活のことまでなにかと心配したりする人もいます。だから多少体調が悪くても、何か医者から重大なことを言われやしないかと、そちらのほうが怖くて病院に行けない人もいるくらいです。

「仕事が一番大事」という、彼女の言い分もわかります。でも、今回のように、相手に不安材料を与えたまま放置しておくと、人の想像力は、不安をどんどん増大させていくように思います。なかなか、「便りのないのはよい知らせ」的な心境になれないのではないでしょうか。

ましてや、障害をもっていて、予想外のことが起こればパニックを起こすと知っていれば、そのために連絡できないでいるのかもしれないと、もうどうしようもなく心配になってくるのです。

何が相手にとって不安材料になるのか、彼女にはなかなか判断しにくいとは思いますが、とりあえず「今、困った状態にある」という事を相手に伝えていたら、それが解消した時点で、相手に心配しなくてもよくなった事も伝えるべきだと思うのです。そうしないと、状況がはっきりわかるまで、相手にとって「不安材料」はずっと不安材料のままであるばかりか、ますます不安を増大させるもとになる事もあると思います。

■後日談

前述の話を、娘にしました。

「そんなに心配なら、これからは、気をつけるようにする」

と、しぶしぶといった感じで彼女は言いました。

その次の日です。

「お母さん、やっぱり私は、お母さんの話が納得できない。親に心配かけるのは、なにも障害者だけじゃない。ブログにこのことを書いたら、いろいろコメントが書かれていて、定型発達者だって小さいときから、何度も親に心配かける行為を繰り返すんだって。こういう事をすると、親がすごく心配するんだなあって習得していくんだって。これは、障害者も定型発達者も関係ないんだってよ。やっぱり納得できないよ」と、娘は抗議してきました。

　私は、とてもびっくりしました。昨日で、一件落着のはずだったのに……またしても、あの話し合いが繰り返されるのかと思いました。

「親に心配をかけるというところが、障害者らしいと思ったわけじゃないよ。以前職場の人が、連絡がなく遅れたので心配したと言ったとき、すぐに、心配かけて悪かった、これからは必ず連絡をとると言ったでしょう。なのに、親が心配することに対してはどうして納得してくれないのかと、そこが気になったところだよ。親は職場の人よりも、あなたの障害について知っているわけでしょ。不安になったときの様子も、パニック起こしたときの様子もよく知ってるから、あなたの様子がわかるまで、親も心配でしょうがない。なのに仕事に遅れないのが一番大切だといって、それをわかってくれなかったでしょ。職場には遅れると言ってあるんだから、ほんの数十秒、親への連絡のために時間を取ったって問題はないと思ったの。でも、やっぱり仕事に遅れないほうがいい、電話をかけなければ間に合いそうだったからと言って、納得してくれなかったでしょ。そこが、私にはわからないところだったんだよ」

と私は言いました。すると娘は、

「昨日の言い方じゃ、私には、わかりにくい。もっとわかりやすいように言ってほしい」

と言いました。

「あなたはね、そういうふうに、親に心配かけるということについて、素直に納得してくれないでしょ。私には、もうこれ以上、詳しくは言えそうにもないし……こう何度も、このことにこだわり続けるところが、あなたらしいところじゃないの。職場の人に言ったときみたいに、わかったこれから気をつけると一言いえばすむことでしょう。自分が親に心配をかけたという状況がわかるように言ってというから、私なりにできるだけ詳しく言ったけど、それでも納得できないと言われるほうが親としては理解できない」

と私は言いました。娘は、

「そういうことならわかった。そういうこだわり方は、障害のせいかもしれない」

と、納得してくれたのでした。

今回のことで彼女と話した後、私は役者さんの言葉を思い出しました。「いったん舞台に立ったら、親の死に目にも会えない」という言葉です。何が起ころうとも舞台に穴をあけることはできないという、役者という職業の厳しさをよく表した言葉だと思います。こういう言葉もあるくらいですから、娘にとって仕事が大切であればあるほど、親のほうもその気持ちを汲んで、ある程度の覚悟はいるのかもしれない……と、しんみりと思いました。

でも……。今回は、それほど覚悟のいる状況だったのでしょうか。職場には遅れると連絡を入れたし、上司はあっさりと納得してくれたし……。どう考えてみても、「親の死に目に会えない」ほどの覚悟をして職場に向かわなければならないような状況だったとは思えません。だけど彼女にとっては、それほどまでも今の職場が大切なのかも……。だからといって連絡をくれないというのは、やっぱりひどい……。しかし、それは専業主婦である私が、社会で働くことの厳しさを知らないからだろうか……。一つの会社で働くということを、私は甘く考えているのだろうか……。こんなふうに私の思いは、はてしなく広がっていくのです。

こうしたことを次々と考えながら、なんとか彼女の考え方に近づこうとしてみるのですが、やはり、近づけそうで、近づけません。

9 障害者の立場に立つ

私は、「いのちの電話」に電話したことがあります。もう十年以上前のことです。私が死にたかったからではありません。毎日のように「死にたい」と電話してくる相手に、何と言ってあげたらいいのかわからなくなったからでした。

死にたがっていたのは、娘の知人の、当時二十歳前後の青年でした。小さいころからいじめにあい、不登校の経験もある彼の辛く苦しい思いは、家族に全く理解されませんでした。ことに父親は、学歴がなければ社会に出ても何にもならないといった考えの人で、彼に進学することを強いていたようでした。彼のやりたかったことは、自分と同じような体験をしながらも、話す相手がいなかったり、家族の理解を得られず苦しんでいる人たちが、共に支え合えるネットワークを作りたいということでした。同人誌を作り、少しずつ活動を始めていました。いじめや不登校の経験もある娘は、その活動の存在を知り、同人誌作りに関わってきました。この彼の活動は、父親にはまったく理解されていませんでした。

そんな家庭環境の中で、母親は精神的に疲れ入院したそうです。その時になって、母親だけは彼の活動に興味を示し、頑張るようにと励ましてくれたそうです。母親の状態も落ち着き、一時退院して家に戻ってきたその日のことだったといいます。夜、母親は自宅を出て、自殺しました。十一月下旬のことでした。唯一の理解者である母を失いショックを受けている彼に、父親は言ったそうです。

「お母さんが死んだのは、お前のせいだ。いつも家にいるお前が、お母さんをよく見ていなかったから、お母さんは死んだんだ」と。

彼は大きな衝撃を受け、この世に生きていく望みを、いっきに失ってしまったのでした。

それから彼は、毎日のように死にたいと言ってくるようになりました。初めは、娘が話し相手になっていましたが、当時高校生の娘には、とても荷が重いことでした。それで、私がかわって話を聞くことになったのです。何日間かいろいろと話はしましたが、彼の「死にたい」は止むことはありませんでした。

　ある日、私は言いました。

「もう、死にたいというのを止めようと思わない。死にたければ死んだらいい。でも今死んだら、来年のお母さんの一周忌は誰がやるの。誰が心からお母さんの供養をするの。あなたを理解してくれたお母さんのために、息子として、せめて一周忌の法要をすませてから死んだら。死ぬのはいつでもできるんだから」

　彼は返事をせず、電話口で泣いていました。

　そのあと、私は彼に手紙を書きました。癌で余命六ヵ月と宣告された私の友人が、その六ヵ月目を迎えた頃でした。毎日のように彼女の家族と、なんとか生かしてやりたいと話をしていた時期でした。私は彼女の闘病生活を伝え聞いては、生きてほしいと願っていました。

「もしも、命の交換ということが許されるのであれば、死にたい死にたいと言ってくるあなたの命と、生きたい生きたいと願っている彼女の命を交換してほしいと思うほどに、私は今、複雑な思いでいます」

と書きました。それ以来、彼からの連絡は途絶えたのです。

　私は急に不安になりましたが、彼に電話して下手に刺激することになっては……と思ったり、放っておいてもいいものかと迷いながら、「いのちの電話」に電話したのでした。死にたくなって電話したわけではありませんが……と、事情を説明し、

「私は、何の資格もあるわけでもないですし、彼に言ったことがよかったのか心配になりました。またこの先電話がくることがあったら、どう対応したらいいのかと思うと不安になって……」

と言いましたら、電話に出た女性はゆっくりと話し始めました。

「私たちも、何か特別な資格があってやっているわけではありません。電話をしてきた相手とも、死んではいけないと話しているわけではありません。ただ相手と同じように苦しみ、相手と同じように泣いてあげるだけです。そして、まず今日を生き延びてもらうのです。そして、この次電話をしてくるのを待ちます。今日生きていられたら、明日。明日も生きていられたら、その次の日。そうして、一日一日を生きていってもらいます。時がたてばたつほど、だんだん人は癒されていきます。時の流れは、人を癒していきます。そしてある時、相手がどうしたらいいだろうと助言を求めてきたら、初めて相談にのってあげるのです。それだけです。一つだけ、上の者にいつも言われていることがあります。それは、人間は上を向いて生きるように生まれついている生き物だと言うことです。どん底に落ちれば、あとは上に向かって浮き上がろうとします。そうした人間の力を信じること、それが一番大切だと。だから、いつもそれを信じて対応しています。一周忌まで……というのは、とてもいい話をされたと思います。一年の時が、彼を癒してくれるはずです」

私は、この方の言葉を忘れたことはありません。苦しんでいる相手と同じように苦しんであげる、泣いている相手と同じように泣いてあげる……。娘が障害者だとわかった時にも、この言葉は浮かんできました。彼女の障害からくる様々な困難さを、彼女と同じように困難だと感じてあげることができるだろうかと思いました。

けれども発達障害の場合、相手の立場になって……というのはかなり難しいことです。たとえば視覚障害者なら、目隠しなどして目の見えない状態を作り出し、ある程度を疑似体験することはできます。多少なりとも相手の抱える困難さを、自分でも感じ取ることができるのです。ですが、発達障害者の場合は、疑似体験をすることができません。

娘は、予定していたことが急にかわると、パニックを起こすと言います。混乱するのはわかっていても、その程度を理解することはとても難しいのです。私たちは、予定が急に変わっても、それが良い方に変わるとラッキーだと思います。混乱などしません。喜ぶだけです。でも、娘には、ラッキーかどうかは関係がないのだそうです。とにかく、「予定が変わった」ということが、大きな負担になるというのです。

「困った、どうしよう」

と彼女は言います。ラッキーとしか思えない私と、「困った、どうしよう」になる娘。この場合、お互いが相手の立場になってみることはできません。こうしたことは、様々な場面でおこります。

中には、娘の立場に立って考えられそうなときもあります。

「テレビの音が気になるので、自分がいるときは、テレビを消してほしい」

これなどは、わりと理解しやすいものです。彼女のようにいつでもテレビがうるさいということはありませんが、私たちでも疲れていたり頭痛がしたりするときは、テレビの音がとても耳障りだったりすることはあります。こうした辛さは、私にもわかります。

できそうで、できないものもあります。

「初対面の人と会ったとき、第一印象は、まったく感じ取ることができない。その人がどんな人なのか、分からないまま話をしている。付き合いが長くなっていけば、少しずつ、その人の日常の様子をみることによって、どういう人なのか、イメージを形作っていくことができる」

このような場合、「どんな人なのか見当もつかない相手」と話をすることの不安感・緊張感があるとすれば、それはわかるような気がします。でも、すぐに○○そうな人だなと思ってしまう私としては、その不安感・緊張感の程度をどれくらい理解できているのかあやしいものです。おそらく彼女が感じるものの半分も、理解できないのではないでしょうか。

娘と暮らしていると、彼女の障害を理解できそうでできないもどかしさや、娘の話から私が感じ取った困難さと娘が実際に感じているらしい困難さの間に、微妙な違和感を覚えます。越えられそうで越えられない、小川の向こう側とこちら側に立って話しているようなもどかしさがあります。また、私には永久に感じ取ることができない事だなと思うこともあります。その時は理解したようでいても、後でやっぱり理解してないだろうなと思い直してしまう感じです。

「発達障害の場合、相手の立場に立って物事を考えるのは、とても難しいね。疑似体験もできないし」

と私が言うと、娘も、

「脳の中の障害だからね。一時、脳を取り替えっこしてみるってわけにもいかないから、疑似体験も無理だしね」

と答えました。

でも、お互いに歩みよろうとするところに価値があるのだと思うのです。例え理解することができなくても、お互いに支えあい、相手のことを思いながら暮らしていこうとすることが大切なのだと私は思っています。「人間は上を向いて生きるように生まれついている」のだから、必ず前進はあるはず。そう信じて、毎日暮らしています。

ところで、前述の彼ですが、その半年後、旅先かららしい写真付きのハガキが届きました。そこには、旅を楽しむ、元気そうな彼の笑顔がありました。

あとがき

　アスペルガー症候群の診断がついて、自己分析をし始めると、私はだんだんその面白さに熱中するようになりました。その頃、小説の公募に関心があり、調べていたところノンフィクション小説を対象としたものがありました。そこで、私は自分の半生記を「アスペルガー症候群」の特性に着目して書いてみました。結局、公募には応募しなかったのですが、その原稿を元に同人誌という形で文庫サイズの本を作り、個人的に販売していました。

　事務処理が大変だったため、一五〇冊ほど売り切ったところで販売をやめてしまいましたが、読んでくださった方々の評判はよいものでした。「この本が書店に並んでいないのが惜しい」「書店で購入できるようにしてほしい」「埋もれさせておくのがもったいないから正式な出版を考えてみないか」と数人の方に言っていただき、それならと数ヶ所の出版社に原稿を検討していただきました。結局、同人誌の原稿はそのままでは通りませんでしたが、原稿を書き改めるなら出版できると言ってくださったのが生活書院でした。書き改めるにあたって、同人誌の感想の中に複数あった「お母さんの書かれたものも読みたい」という意見を反映し、母にも私の生育歴と、私とのやり取りから生まれた文章を書いてもらいました。

この本を作るにあたっては、多忙な中、母に何度も私の原稿をチェックしてもらい、不明瞭な点を質問してもらいました。私の原稿を「面白い」と言ってくれて、数多くの改善すべき点を指摘してくれた母に感謝しています。同人誌を読んでくださり、エールを送ってくださった方々のおかげで、出版に向けて踏み出すことができましたことをお礼申し上げます。出版社との交渉に協力してくださった、公立はこだて未来大学の川越敏司教授にも深く感謝しております。生活書院の高橋さん、出版までの緒手続きにおいて、当方の事情や障害特性に充分なご配慮をいただき、ありがとうございました。

白崎やよい

娘の診断がつくまでは、私の中にある「障害者」は、見てわかる障害のある人たちのことでした。障害の状態が見てわかるので、支援が必要な人たちであることも、どのような支援を必要としているのかも、ある程度察することができました。

でも、娘を通して、見た目では障害がわからない、どこに障害があるのか気づいてもらえない人たちがいることを初めて知りました。それ以来、障害者の親として社会と関わっていくうちに、社会全体が二つに分かれていると強く感じるようになりました。障害の「ある人」と「ない人」の社会です。

この二つの社会は差別や偏見によって分かれているというよりも、むしろ、情報が少ないことに加え、その少ない情報すら、スムーズに伝えあうことができないことによって分かれているのだと思いました。

例えば、「障害者支援機関」という名称一つをとってみても、障害者にとっては自分たちの生活を支える重要な機関ということになります。しかし、障害のない人たちにとっては、障害者を支援する機関なので、障害のない自分たちにとっては無縁の機関だと思われています。身近に障害のある人がいるのに接し方がわからない、障害があるのではと心配になる人がいるなどといったとき、障害のない人でも相談に行ける、重要な役割をはたす機関であることにはなかなか気づいてもらえません。

それぞれが固有の特性を持つ発達障害者と暮らす家族の間においても、お互いのコミュニケーションをとるのには苦労します。障害のない家族が、障害の特性や接し方を知ろうとしても、自分たちの状況にあった情報を得ることはなかなか困難です。当事者にとっても少ない情報をもとに、障害のない人に理解を求めるのは難しいことだと思います。情報量がある程度あっても、自分たちが必要としているものとなるとそう簡単には見つからないのです。

やはり、様々なケースの情報が、二つの社会のどちらにとっても必要なのでは……と思うようになりました。私たちが工夫して暮らしてきたことも、一つのケースとして役立つのではと思いました。ですが、私たちには広く伝える手立てがありませんでした。

ある時、娘が川越教授に自分の書いた物をお見せしました。教授はそれを高く評価して下さったうえ、私にも書くことをすすめて下さいました。この時の出会いがなければ、私たちがしてきたことは埋もれてしまったかもしれません。

広く情報を伝えられる機会を与えて下さった川越教授と、出版という機会を与えて下さった生活書院の髙橋さんに、深く感謝いたします。慣れない出版作業に最後まで丁寧な御指導をいただきありがとうございました。

白崎花代

◉本書のテキストデータを提供いたします

本書をご購入いただいた方のうち、視覚障害、肢体不自由などの理由で書字へのアクセスが困難な方に本書のテキストデータを提供いたします。希望される方は、以下の方法にしたがってお申し込みください。

◎データの提供形式：CD-R、フロッピーディスク、メールによるファイル添付（メールアドレスをお知らせください）

◎データの提供形式・お名前・ご住所を明記した用紙、返信用封筒、下の引換券（コピー不可）および200円切手（メールによるファイル添付をご希望の場合不要）を同封のうえ弊社までお送りください。

◉本書内容の複製は点訳・音訳データなど視覚障害の方のための利用に限り認めます。内容の改変や流用、転載、その他営利を目的とした利用はお断りします。

◎あて先：
〒160-0008
東京都新宿区三栄町17-2 木原ビル303
生活書院編集部　テキストデータ係

【引換券】

アスペルガーだからこそ
私は私

著者紹介

白崎やよい（しらさき・やよい）

1983年生まれ。23歳でアスペルガー症候群と診断された。知的障害のない自閉症スペクトラム成人当事者のピアサポートグループを設立し、運営している。ブログ「他者と私と自閉症スペクトラム障害」更新中。アドレスは http://asshiro.blog116.fc2.com/

白崎花代（しらさき・はなよ）

1955年生まれ。知人から子供の事で相談を受けたのがきっかけとなり、不登校・いじめ・学力低下などで悩む子供達と関わるようになりました。わが子に障害があるとわかってからは、発達障害についても学習する機会が増えました。今は自らの体験を生かせるよう、さまざまな活動に参加しています。

アスペルガーだからこそ私は私
——発達障害の娘と定型発達の母の気づきの日々

発　行——二〇一五年九月三〇日　初版第一刷発行
著　者——白崎やよい・白崎花代
発行者——髙橋　淳
発行所——株式会社　生活書院
〒一六〇—〇〇〇八
東京都新宿区三栄町一七—二　木原ビル三〇三
ＴＥＬ　〇三—三二二六—一二〇三
ＦＡＸ　〇三—三二二六—一二〇四
振替　〇〇一七〇—〇—六四九七六六
http://www.seikatsushoin.com

印刷・製本——株式会社シナノ

Printed in Japan

ISBN 978-4-86500-044-3

定価はカバーに表示してあります。
乱丁・落丁本はお取り替えいたします。